知心老爸的亲子笔记

家长是孩子最好的起跑线

张爱武 著

台海出版社

图书在版编目（CIP）数据

知心老爸的亲子笔记：家长是孩子最好的起跑线 /

张爱武著. —北京：台海出版社, 2020.10

ISBN 978-7-5168-2703-1

Ⅰ.①知… Ⅱ.①张… Ⅲ.①随笔—作品集—中国—

当代 Ⅳ.①I267.1

中国版本图书馆CIP数据核字（2020）第159727号

知心老爸的亲子笔记：家长是孩子最好的起跑线

著　　者：张爱武

出 版 人：蔡　旭　　　　　　　封面设计：仙　境

责任编辑：王慧敏

出版发行：台海出版社

地　　址：北京市东城区景山东街20号　邮政编码：100009

电　　话：010-64041652（发行，邮购）

传　　真：010-84045799（总编室）

网　　址：www.taimeng.org.cn/thcbs/default.htm

E-mail：thcbs@126.com

经　　销：全国各地新华书店

印　　刷：北京柯蓝博泰印务有限公司

本书如有破损、缺页、装订错误，请与本社联系调换

开　　本：710毫米×960毫米　　　1/16

字　　数：169千字　　　　　　　印　张：14

版　　次：2020年10月第1版　　印　次：2020年10月第1次印刷

书　　号：ISBN 978-7-5168-2703-1

定　　价：39.80元

序　言

2019年4月24日，我正在办公室备课，突然电话响起，一个洪亮而爽朗的声音传来："喂，刘老师吗？我是张智的父亲。02级的张智，还有印象吗？"

02级？张智？当然记得，那是我带的第一届学生，张智是班长，印象深着呢！瞬间，那个肤色黝黑、身板敦实、略带腼腆但倔强沉稳的形象出现在脑海。15年没见了，一种久违了的亲切感油然而生，思绪不由得将我带回记忆之中……

张智是我的得意门生：宝鸡中学（简称宝中）年级前十名、重点班班长、学生会主席、预备党员、省级优秀学生干部、高考697分（超出当年清华大学在陕录取分数线）、中科大、出国深造……

在我印象中，凡是优秀学生应有的实力他都具有，凡是优秀学生该得的荣誉他都得过，他的优秀是全面和出类拔萃的，绝对是同龄人中的佼佼者。虽然只在高一给他当了班主任，但我一直在关注他，可能这是职业本能吧，当老师的都希望自己的学生优秀。现在回想起来，有一件事印象特别深：高一入学摸底考试，张智的名次从年级前十掉到了年级五十名附近。由于是摸底考试，我没太在意，只是提醒他不要大意，没再说什么。大约一周以后，一天中午一点左右，我去班上了解学生在教室的活动情况。整个教学楼十分安静，其他学生都回宿舍午休了，只有两三个人留在教室里学习。其中就有张智。我走过去问道："张智，你不是每天走读吗，怎么不回家？"他有点不好意思地说："最近不回去，把功课补一补。"我顺手翻看他的学习资料，一门课两本资料，都写得密密麻麻。"为补功课觉都不睡，这小子有种！"我暗想。果然，两个月后的期中考试，他的名次又上来了。回想此事，我更坚信，严格的自我要求和勤奋踏实，应该是成功的首要因素。

我佩服张智父母的教育智慧和超常付出，成功的家庭教育成就了张智学业上的高度。我感慨张智的父母，在努力做好自己事情的同时，能一直陪伴孩子，共同经历生活与学习中的每一次经历和每一次选择，并把这一过程记录下来。从启蒙开始，交友、游戏、学习、电脑、足球、中考、高考、出国……在共同的经历中，父母教给了张智正确的理念、优秀的习惯、奋斗的精神和永不言败的品质。他们抓住了教育的根本，授子以"渔"。他们用自己的亲身经历，告诉我们：生活就是教育，榜样就是教育。

现在这本书即将出版，张智父亲希望我给书写个序。我很高兴，又深感荣幸。对于张智的父母来说，这是一本育儿笔记，但对于广大读者和千千万万望子成龙的家长来说，这是一本难得的家庭教育指南，其中讲述的经历、方法、认知、思维和理念，都是现身说法，实用性强，参考价值极高。许多做法，对于学校教育也有借鉴意义。在对子女的教育问题普遍感到迷茫、焦虑的当下环境里，这是一部难得的、充满正能量的良心著作。感谢张智的父母，向社会奉献出自己的教子良方。这样的好书，值得推荐！

作为优秀校友，张智个人的成长与进步，生动诠释了母校"今天我以宝中为荣，明天宝中以我为荣"的优良传统。这里，并送上母校的祝福，期待张智续写精彩、事业有成！

刘　锋（宝鸡中学教研室主任）

2019年5月22日于宝鸡中学

目录

Contents

呱呱坠地

1986年6月23日中午，厂医院妇产科，我站在门外面，心情焦急地等待着婴儿的降临。

门突然开了。"谁是叶淑琴的家属？"护士大声问着。

"我——我是。"我马上回答。

"催产素打了三支不管用，药是过期代用的，没有药效，快去市医院看看有没有没过期的药。"护士焦急地说。

"可以。"我一边回答一边冲下楼梯，直奔市人民医院，去药房查问，回答是："全市一个批号。"我一下子蒙了，看来只有做剖宫产了。由于对剖宫产的认识不足，我们都很怕剖宫产。好端端的肚皮，被划开，多难看。

"小张你在这干啥？"突然有人喊了我一声，抬头一看是医院的赵大叔，看到他像看到了救星，我焦急地把情况说了一遍。他让我不要着急，他去住院部问问。他说昨天有一个产妇的家属从西安买了一盒催产针，应该还有剩余。

真是苍天有眼，还有六支，我买了两支，然后飞快地赶回了厂医院。

20多分钟后，响亮有力的婴儿哭声从产房传来。"生了，生了，是个男孩。"护士朝我喊着。我松了口气，激动的心情久久不能平静，我成了父亲。

产房门开了，护士抱着我儿子，跟我说："不错，再晚一两天可能会有危险，小孩缺氧，满身都是青色斑块，过几天会好的。"

6月下旬的宝鸡，天气闷热，让人喘不过气来。医院的病房是两人间，年久失修，窗户破了一个大洞，不时有蚊虫飞进来，我不停地驱赶蚊虫。

半夜病房清静了下来，我一边照看妻儿，一边不停地驱赶蚊虫，没有睡意，在想给孩子取一个什么样的名字。我们夫妻商量了一会儿，就给孩子取名张智。

出院了，回到自己家中的感觉真的很棒。

有了孩子，我就跟妻子商量，让她上白班，我上夜班，这样有利于带儿子。妻子答应了。

儿子长得真快，转眼11个月大了，每天下午扶着儿子在厂门口的花园水泥围栏边学习走路。儿子看着什么都新奇，屋子是关不住他了，外面的世界多精彩，车水马龙，幼小的双手扶着围栏，一步一步地挪动。带他来这儿，除了学走路，看外面的世界外，还有一个原因，就是孩子每天可以早一点看见妈妈。妻子下班了，我去上班，儿子交给妻子。我的班是下午六点半到晚上一点，基本上不影响第二天的生活。每天早上起来，妻子去上班，儿子交给我，儿子先醒来，我还没醒，儿子一会儿用小手抠抠我的脖子，一会儿一屁股坐在我脸上，小手嫩嫩的，有一点像虫子爬的感觉，屁股光光的，说不出的美妙，一直到把我折腾起床为止。会走路了让人不省心了，到哪儿都得把儿子带上。

我们两个人虽然轮着上班，轮着带孩子，但人精力毕竟有限，尤其是上晚班的人，要是再回来带孩子，就太累了，爷爷奶奶都有事情，帮不上什么忙，那该怎么办呢？总不能一个人辞职在家照看孩子吧。无奈之下，只好将孩子送到厂办托儿所。托儿所一般只接受两岁以上的孩子，但我们的情况特殊，加上是厂办托儿所，孩子才得以入托。

带孩子看火车

儿子三姨给儿子送了一个火车玩具，一个车头带两节车厢，这个火车玩具我在商店里看过好多次，要用我半个月的工资，太贵了，没有给他买。

我把火车玩具装好电池放在地上给儿子玩，儿子好奇地盯着玩具火车。"呜哇。"一声呼叫，把儿子给吓哭了，脸上挂满泪水的儿子紧紧地抓住我的衣服，好奇而惊恐地看着地上走动的玩具火车。又是一声"呜哇"的呼叫，儿子又哭了，但没上一次的哭声大。儿子胆小，没见过会动的火车，还会叫。这让我萌生了让儿子去看看真正火车的想法，开阔一下他的眼界。

吃过午饭带着儿子去市里，经二路上就可看见火车，以前儿子应该见过，就是离得太远，对火车可能没什么印象。离铁道200多米远我停下了，等着火车到来。

火车来了，我指着火车给儿子看，这是儿子第一次这么近距离地看火车，儿子紧紧搂着我的脖子，瞪大了双眼，惊慌地看着长长的火车走完。一连看了几天，一天比一天距离近，儿子好像百看不厌，最后能感到火车飞驰而过的大风刮脸了，我才停下了向前的脚步。儿子习惯了这种叫声，回到家里自己要玩玩具火车。"呜哇"的呼叫声成了儿子的口头禅。

为了让儿子了解火车是什么，光看还是不行的，让他亲手摸一摸火车就更好了，我和儿子去了火车东站，火车东站是车站，每天停放着十几辆火车，儿子见到这么多火车又是好奇又是激动，一双小眼睛东面看看，西面瞅瞅，嘴里不停地"呜哇""呜哇"地叫着。

很多家长很奇怪，火车有什么好看的？妻子曾经也提出过类似的疑问。我认为，实践是认识事物本质的最好途径。既然他喜欢玩玩具火车，那么让他了解火车到底是什么样的，有什么作用，岂不更好？对事物本质的追求，对他后来的成长和学习非常有帮助。他看事物不再浅尝辄止，而是一定要研究个明白。类似看火车的事情，在儿子成长过程中，我做了很多。目的就是让他长见识，"功夫在诗外"，多看，多实践，总会有益的。

背井离乡

我们厂响应国家号召，1982年在深圳特区福田中航科工贸中心建了精密模具厂，我们公司去了不少人，他们把去精密模具厂作为一种荣幸，一种发财之路。

但我们夫妻都是外来户，根本不可能有机会去精密模具厂。对于一个想摆脱穷困的人来说，去特区打工无疑是上上之选，也是一个机会。当时工厂不景气，厂里已经有一部分人出去打工了。我也动了心思，想去深圳打工赚点钱。多方活动下我终于办好了手续。面对两岁的儿子，我的心痛了，但为了生存，只能这样了。

去深圳是要开边防证的，由于我去深圳的手续不完备，所以公安局不给开边防证。当时广州有开往深圳的旅游车，没有边防证，只能搭乘旅游车进去。

未去深圳前，我曾跟同事，深圳精密模具厂的孙师傅联系过，他说让我先过去。那个时候香港模具厂特别多，香港模具师傅是全能的，也就是基本啥都会，但不精。内地是单一工种，分工合作，最起码要一个钳工和一个铣工搭配才行。1988年7月15日，我拿着家里所有的积蓄270元钱坐上了西安到广州的271次列车。

我走的时候跟儿子说："爸爸去深圳挣钱给家里买彩电和冰箱，在家要好好听妈妈的话。"儿子一听说买彩电和冰箱，高兴坏了，好像也懂事了，知道有了冰箱他就有冰激凌和雪糕吃了。"我听妈妈话，爸爸买彩电买冰箱。"

广州开往深圳的旅游车是最后一班了，因为搭乘旅游车去深圳的人大部分是打工去的，为了维护深圳的社会治安，旅游车第二天就停开了。我庆幸和深圳有缘，搭乘最后一班旅游车进入深圳。第一次到深圳，从火车站经过深南大道去福田，坐4路车到上海宾馆下车。第一次看见50层高的大楼，高耸入云，眼都花了，深圳太美了。深圳我来了，你欢迎我吗？

刚到深圳那几天，我在孙师傅的帮助下，到处找工作，但不是因为广东话不会说就是因为能力差，总被人拒绝。一连十几天，我都没有找到工作，心里有点慌了。孙师傅让我别慌，耐心等待，会有机会的。果然如孙师傅所说，很快机会就来了。一家工厂招工，钳工、铣工都要，月工资500元，包吃住，一个月休息两天，加班费另算，地址是福永镇。

福永镇在关外，为了工作，什么地方无所谓了。我踏上了出关的汽车来到了福永镇诚实模具厂。工厂坐落在福永镇街头，十字路口的转弯处，一个院子两排简易的平房，一排是厂房，一排是宿舍，实在太简陋了。老板是香港人，不到30岁的样子，见了面简单地问了问，然后带我到厂里转了一圈。他知道我是铣工，站在一台台湾铣床前面告诉我："厂里规矩，试工三个月，合格留下，不合格走人，如一上手就不行，马上走人。"

"我知道。"我小心翼翼地回答着。"那你留下试试吧！"老板说道。

第二天一大早，老板拿了一把棒刀，让我在磨刀机上开刃，我胸有成竹，老板看了开的刀刃，没说什么，让我开铣床干活。加工的零件不难，下模板上加工一方孔，深25毫米。没有图纸，老板用铅笔在草稿本上画了个草图，和内地木工画的图差不多。我就按照这个图纸开始干了起来。我干活的过程中，老板不停地在旁边溜达，看我做得咋样。

我做了两个小时，老板在旁边差不多待了一个半小时，然后坐在不远的地方休息。我做好了一个零件，马上告诉他："零件加工完了。"

"不能说加工完了，要说加工好了。"老板纠正我的话。香港人特别忌讳别人说"完了"，他们认为"完了"不吉利。

老板并没有测量零件的尺寸，他要看的是加工方法，站立的姿势，摇手柄的动作，等等。

"你干了几年？"老板问我。

"八年。"我局促不安地回答。

"从你的姿势看得出来不是外行。"老板的脸上露出了一点笑容。其实还是老板年轻，后来才知道，在很多工厂，你干得再好，老板都不会表扬你的，因为怕你要涨工资或跳槽。

"我只会铣床，别的不会。"我不知道怎么会说这种话，好像怕人家说我不合格，把我马上辞退似的。

"别的不会可以学，你留下吧。"直到这时，我悬着的一颗心才落下来。就此，我的打工生活开始了。

江湖规矩

厂子人不多，加上我和老板才15个人。除了考勤员、做饭阿姨，还有老板外，其他12个人都是工人。

在12个打工者当中，有5个是学徒，其余的是补师。所谓补师，就是能干一点工作，但不能独当一面。我是刚来的补师，每天都是尽心尽力地干，铣工对我来说没有什么困难，在国企我也算是一把好手。十几天过去了，加工的零件难度越来越大。有一天老板给了一个日本的产品样件，做工很精美，问我能不能用有机玻璃加工一个，我说可以试试。在内地我是干精加工的，心中有数，可就是这个样件断送了我在这家工厂的打工生涯。

补师中有3个来自同一个地方，他们原是一家国企的工人，对机床比较熟悉，但谈不上熟练，他们来了一年多了，工资最高。为首的姓王，40出头，以干铣床为主，一米八以上的个头，健壮有力，脸上有一点横肉，表面为人和气，我刚来时他称我小张，我称他王师傅，给我的印象不错，后来随着我加工零件的难度提高，他改口叫我师傅了，我也没有多想，可能是自己的铣工技术比他高吧。但这客气的背后，是阴坏。

由于跟本书主题无关，所以这件事的细节不提，就说说这几个人是如何对付我的。

老板交给我的工作，本来进展非常顺利，几乎要按照老板的要求做完了，但到了最后却出现了问题。至于这问题是怎么出的，想必大家已经猜出来了，是他们这几个从中使坏，故意让我的工作受阻。

那天晚上，我走在广深公路上，心里一直在思考他们为什么要陷害我。就在那时，通往广深公路的大道上走来了3个人，一路走一路唱着小调，为首的就是王师傅。"王师傅好，二位师傅好。"我急忙打招呼。

"叫师傅不敢当，还是我们叫你张师傅吧。"他们说话很冲。

"哪里哪里，你们来这儿比我早，肯定是我叫你们师傅。"我客气地说。

"是我们看走眼了，你才是师傅，兄弟我有眼不识泰山。"王师傅讥讽道。

"我们都是来打工的，有什么事好商量。"我说。

"商量？有什么好商量的，你坏了规矩。"王师傅骂我。

"我坏了什么规矩？"我不甘示弱地回答。

"他妈的，还嘴硬，有什么好说的，打就是了。"王师傅的同伙急不可待了。

"君子动口不动手，不用打，小张师傅是个聪明人，说清楚了他会走的。"王师傅摆出了一副流氓大哥的架势。

听到这里我明白了，他们是想让我走。"我为什么要走？工厂又不是你们开的！"我据理力争。

"你是不明白还是装糊涂，老三，告诉让他走的原因。"王师傅有点不耐烦了，对他的同伙发令了。

"你是真不知道，还是装不知道？你最近干的零件是在砸我们的饭碗，你知道吗小子？"被称为老三的恶狠狠地对我说。

"我加工的零件是老板分配的，不能不干。"

"你不会干废掉？"还是老三的声音。

"为什么要干废掉？"我大声质问，"我是来试工的，干废了还能干下去吗？干不干废掉和你们有什么关系！"

"没有关系，那都是我大哥干不了的，你干好了，我大哥怎么办？"

"这个我不知道。"

"现在知道也不晚。"

"老板没让我走，我不走。"我坚持着。

"你还来劲了，你不走我送你走。"说着叫老三的扑了上来，一副要打架的样子。

"谁怕谁，我又不是吓大的。"面对强手不能示弱，我大声地说道，也是想引起过路人的注意。

老三拉住了我的衣服："你别给脸不要脸。"

"你才不要脸。"我也抓住了他的衣服，身上的血在沸腾。

"不要这样，这样多不好，今天给他一个警告就行了。"王师傅上前拉开了老三说，"我们走。"

接下来的事情不需要交代了，我辞职了……

接下来的"剧情"是：我没找到合适的工作，于是打起了退堂鼓，回家了。

再闯深圳

回家是伤心的，妻子性格比较温和，好说话，儿子还小好哄骗，可同事呢？如何去面对？走到了这一步没有办法，到宝鸡天还没有黑，不好意思被人看到，在车站转悠到深夜才回家。

楼道还是那个楼道，家还是那个家，还和两个月前一样，可今天好像变了样，没有带钥匙，几次想敲门都退了回来，徘徊，犹豫，一再告诉自己妻子会原谅，但还是缺乏勇气，最后咬咬牙敲门了："砰砰"两声，没有回音。又"砰砰"两声。

"谁？"是妻子的声音。

"我。"回答时声音有点沙哑。

"你是谁？"

"我的声音你听不出来吗？"我有点不耐烦，其实是心虚。

"来啦。"妻子听出是我的声音，穿着睡衣急忙来开门。

"怎么回来了？"妻子不解地问，一脸的迷惘。

"一言难尽，等会儿再说，先给我弄点吃的，下碗挂面就行。"说着我一屁股坐在了沙发上。

妻子没再问什么，给我倒了杯水，做饭去了。我抬头看着儿子熟睡的脸，心中不由得一阵难受，给儿子的许诺没有兑现，儿子醒来后如何跟他解释？不一会儿妻子端着一碗热乎乎的面条摆在了我的面前，看着我疲倦的样子，她好像猜到了什么。

"我被逼无奈回来了，你不会生气吧？"吃过饭，我开口了。

"没什么，只要安全回来就行。"妻子的回答很平静，但眼神里有一种期待，看得出来她不是在埋怨我，而是想知道是什么原因逼我回来的。

"你坐下我告诉你。"妻子坐在了我的身边，我把我的经历和遭遇大概说了一遍。

"以你的脾气没有和人家打起来真是万幸。"妻子听完我的讲述没有生气，反而表扬起了我，"以后怎么办，回厂上班吗？"

"不上，还要去闯深圳，我不信我干不下去。"

"以后的事以后再说，天太晚了，你也累了，洗洗睡吧。"妻子了解我是不会轻易认输的人，所以劝我早点休息。

天亮了，儿子醒了，看见爸爸睡在身边，那个高兴劲儿就别提啦。妻子告诉儿子，不要弄醒爸爸，儿子不管那么多，一屁股坐在了我的脸上，这是儿子叫醒我的老办法了。我一翻身，儿子也跟着挪动，你不愿醒来都不行了，我揉了揉蒙眬的睡眼，把儿子推到了一边，向儿子一笑："叫爸爸。"

"爸爸。"儿子叫得多亲切。

"好儿子，还没有忘记爸爸。"我起身抱起儿子亲了一下。

才两个多月没见儿子，儿子好像长大了许多，也懂事了许多，托儿所的集体生活让儿子看上去也调皮了许多。

高兴是暂时的，邻居知道我回来了，用一种异样的眼光看着我，有怀疑的，也有窃窃私语的，我按我们夫妻商量好的话应付着每一个好奇的人，但总有好事者想探个究竟："怎么回来也没有给你媳妇买个金戒指什么的？听说深圳的金货比内地的便宜。"有人一边说着一边伸出手看着手上戴的金戒指，好像在炫耀。

"我看十有八九是混不下去了，说是水土不服那是借口，家里那么穷，能混下去是不会回来的，你没看他们家天天吃面条，那是为了省钱。"也有人这样说。

"可能是想老婆了，这也说不定，陕西人就那个德行。"

…………

金秋十月我又走了，带着希望，带着美好又一次踏上了打工之路，把儿子交给了妻子。

培养小孩，不能是吃饱穿暖。吃饱穿暖只是生存的基本要求，要给他尽量好的物质条件，让他能够不必为了钱而缩手缩脚，给他最好的起跑线，这才是最关键的。不出去打工，守着厂子，能给孩子什么样的起跑线？正是基于这个原因，我才再次闯荡深圳。

功夫不负有心人，我在深圳站住了脚，每星期给妻子写一封信，关心儿子的教育和生活。挣了钱首先给家里买了彩色电视机、电冰箱，儿子乐得屁颠屁颠的。

妻子经常来信说儿子想我。在一次来信中有几个写得歪歪扭扭的字："爸爸，我和妈妈都想你。"不用说是妻子教儿子写的，我看着这几个字，心里甜甜的，有一种说不出的高兴。

经过一年的努力，我的技能有了很大提升，自我认为可以去大公司应聘了。应聘的公司是深圳梧桐山一家港资电子公司，应聘职务是塑胶模具部主管。按应聘要求我是没有资格的，公司规定本科学历，五年相关工作经验。

面试官两个人，一个是副总经理，一个是公司的技术经理。一落座副总经理就问："你知道我们公司这次招的是什么职务吗？"

"知道，塑胶模具部主管。"

"招聘书你看了吗？"

"看了，我也给贵公司写了信。"

"你的来信我们看过，本来是不打算给你回信的，就因为其中一句话我们才决定让你来面试的。"

"是吗？"我回答着，心里在想是哪一句话引起了他们的注意。

"你的工作经历基本符合我们公司要求，其中有一条也就是第一条不符合，你能就第一条给我们公司做一个满意的解释吗？"副总经理文质彬彬地问道，让我想起了第一条要求：本科学历。

"说到本科学历，我确实没有，在给贵公司的信中我已说明，这不能造假。在内地有本科学历的不会去做模具，他们是专门搞模具设计和工艺的，在下面干活的也就是搞模具加工的是普通工人，我就是其中一员。按照贵公司的要求，如果一定要招一个有本科学历的，不能说没有，可能比较难，今天来了几十个人，中间有不少都是有学历的，有的还有工程师或高级工程师证书，我想副总经理和技术经理已和他们谈过了，我不知道结果，但我可以肯定地说，按贵公司的要求基本没有合适的人选。"

我说完，看了一眼技术经理，从他微笑的表情中我猜得出来我说得没错。

　　"我没有本科学历，但我有能力胜任贵公司的工作，如果不能胜任贵公司的工作分文不取。"我的话说得比较有力，而且信心十足，其实也就有七分把握，应聘时有七分把握就敢说成十分，不然无法战胜对手。当然也要掌握尺度，不能说过头，因为最后是要面对现实的，说过了头下一关你就无法闯过去。

　　"我就问这么多，你问吧。"副总经理向技术经理点了点头，看不出来是不是满意。

　　技术经理看上去有60多了，头发灰白，普通话说得不是很好，后来知道他姓何。他先是点头对我笑了一下，可能是怕我紧张想缓和一下气氛："你姓张吧？"

　　"是，我姓张，叫张爱武，热爱的爱，武装的武。"

　　"那我就称你为张师傅。"何经理还是一脸的微笑。

　　"不敢当，叫我小张就行啦。"人家对我客气我反而不自在，像这样笑着问话的香港人我还是第一次见，人家可是香港大公司的技术经理，见多识广。

　　"我们都是吃技术饭的，来不得一点虚假，我就开门见山地说。"说到这儿他脸上的笑容不见了，一脸的严肃。

　　"我也喜欢直来直去，有什么要求你就问。"我真诚地回答。

　　"你看看这是怎样造成的。"何经理拿了一个塑料零件，我一看是收录机的后壳，来时知道他们公司是生产收录机和组合音响的，对有关知识做了一些了解，但没有想到问得这么具体。我顺手接过了塑料零件，看了看何经理刚才指的地方，塑料零件的斜面上有部分发白，且有拉毛现象，在分型面上有八九十毫米长的飞边。

"发白部分是斜度不够，分型面上的飞边是模具的滑块部分塌陷，造成合模不严产生的。"我给何经理分析着。

"用什么方法解决？"看来我分析得对，要不就不会问这句话。

"拉白部分好解决，因为是制造过程中没有考虑好斜度，加上腐蚀深了，如果把这个滑块重新腐蚀，就会造成其余部分腐蚀，只要在制造过程中注意点就好了。飞边问题比较复杂，只能具体问题具体分析。"

"试想一下两个问题如果在两套模具上出现，你如何解决？"不愧是技术经理，问话严丝合缝。

"如果是后模板塌陷，比较好解决，把塌陷部分焊起来，重新加工平整即可。如果是前模板的滑块塌陷只能是焊滑块了，滑块是细沙纹腐蚀面，焊接后会留有痕迹，压出来的零件上也会有痕迹，如果要处理掉，要重新腐蚀。"

"如果不腐蚀，还要处理掉飞边你看行吗？"他步步紧逼。

…………

何经理和副总经理交换一下眼色，告诉我："面试就到这里，你对薪水有什么要求？"

"1500元，加班费另计，包吃住。"

"好，我们知道了，你可以出去了，在外面等一会儿。"

"谢谢关照。"我客气地退了出去。

面试很顺利，厂家通知我下星期再来，老板和一个香港做模具的师傅要亲自面试，让我回去写一份模具部详细的工作报告，如果老板面试通过了就可以来上班。这样来回跑了5次，总算通过了面试，我终于来到这家港资厂上班了。

为什么要写这些看似跟教育儿子无关的事情？因为这其实跟教育他有关。等他长大点儿后，我经常拿自己闯深圳的事情告诉他：第一，做事情要有准备，如果没准备，闯深圳极有可能要饭回来；第二，要有一技之长，才能在社会上立足。要不是我在厂里兢兢业业干了十几年技术活，不可能短时间内在深圳立足；第三，要远离那些垃圾人。我之所以从第一家公司辞职，并不是我怕那三个人，而是不想让自己的人生毁在这三个人手里。假如他们三个狗急跳墙，加害于我，我老婆孩子咋办？每次儿子在学校或者在社会上遇到一些人事纠纷时，我都拿这个例子告诉他，不要跟某些人计较，要远离他们。我们的教育确实得到了回报，儿子读书时，认真，现在工作了，兢兢业业，做事一丝不苟。这应该跟我的反复教导有关吧。

让儿子出远门见识见识

春节是中国人的传统节日，这一年因为厂子刚从香港搬过来，百废待兴，要干的工作太多，但即使如此，老板依然同意我回去看望妻子和孩子，但我作为小领导，不能置公司的利益于不顾。更为重要的是，我想让儿子出远门，见识见识大千世界的美妙和广阔。于是我就让妻子和儿子来深圳了。

儿子第一次出远门，也是第一次坐火车。听妻子说，他高兴极了，一路上趴在列车的窗户上问这问那，对一切都好奇。从西安到广州要坐43个小时，他除了晚上睡觉能安静一会儿外，其余时间都在车厢中到处跑。

早上5点多钟列车到广州车站，我在出站口焦急地等待着，长长的地道里已没有了行人，出站口的铁栅栏要关了，还没有看见妻子和儿子的身影。莫非电报发错了？不会吧。昏暗的地下通道远远看去，给人一种阴森森的感觉。就在我要走的时候突然眼前一亮，那不是妻子和儿子吗？在通道的尽头，妻子背着一个大包，手拉着儿子，一步一步向外走来。近了，近了，那就是妻子和儿子，一年没见了，儿子会有什么变化？会认得我吗？在焦急的等待中，妻儿终于来了。我一把抱起儿子亲了一口，儿子不认识似的看着我，又看看妻子。

"叫爸爸。"妻子让儿子叫我爸爸。

"儿子不认识爸爸啦，我是爸爸。"我冲着儿子喊。

"是叔叔，不是爸爸。"儿子冲我做了一个鬼脸。

"什么叔叔，才一年不见，连爸爸都不认识了，这还得了。"我一边说着，一边轻轻打了儿子的屁股，"是不是妈妈教你这样说的？"

"我怎么教儿子这样说话，刚才下车时还跟他说，见了爸爸要亲热，现在可好，见了爸爸叫叔叔，你看你儿子有多皮。"

"臭小子，我是爸爸还是叔叔，要不喊爸爸，我可不接你去深圳了。"我故意严肃地告诉儿子。

"爸爸。"儿子笑了，妻子笑了，我也笑了。一家人在一起真的很温馨。

我们住在厂里，所以没有自己烧饭，妻儿被安排在公司管理人员窗口打饭，儿子很好奇："爸爸，我妈打饭不用排队，为什么？"

"因为爸爸是模具部主管，所以你妈打饭不用排队。"我回答。

"为什么叔叔阿姨要排队？妈妈打饭的窗口没有人排队，叔叔阿姨为什么不去？"

面对儿子的发问，我思索再三还是做了回答："在这里人是有差别的，级别不一样，吃饭的地方也不一样，老板给的钱也不一样。"

"为什么会有差别？"儿子瞪大双眼看着我，这些他以前没有听说过。

"工作的需要。这样跟你说吧，就像你在托儿所一样有小班、中班、大班，大班的哥哥姐姐吃饺子时是不是比你们中班的多发一个？"

"多发两个。"儿子认真地回答。

"在这里爸爸是大班的，所以吃饭不用排队，你妈打饭的窗口是大班的，小班和中班的不能去。"

"在托儿所大班的哥哥姐姐也是要排队的。"看来骗不了儿子。

"在这里是要看你给厂里出力多少的，比方说爸爸能搬动100斤，你妈能搬动70斤，你能搬动10斤，那爸爸就是一级，妈妈是二级，你就是三级。爸爸搬的东西最多，所以吃饭不要钱，打饭也不要排队，你和妈妈就要排队买饭。"

"儿子这么小就给他说这些不合适。"妻子对我的说法很不赞同。

"没事，社会本来就是这样，在国有企业不也这样吗？有什么不能说的。"我的想法总是和妻子不同。

"现在教育儿子不用太现实，要让儿子充满希望和阳光。"

"拉倒吧，我不信人一辈子都活在童话里。"

"我长大了要比爸爸搬得多，吃饭也不要排队。"儿子第一次知道了多劳多得。

"你看你儿子学得多快。"妻子听了儿子的话朝我白了一眼。

针对这件事，记得那天晚上孩子睡着了，妻子还埋怨我，说不要让孩子小小年纪就了解社会的残酷。从某种意义上，我是认同妻子的观点的，但又不完全支持她的观点。让孩子早点认识社会的残酷性虽然有点残忍，但有利于他更好地成长。我是想告诉他，虽然很多孩子童年过得很幸福，并不是他们理应过得幸福，而是有人替他们遮风挡雨。成人世界没有容易二字，之所以不容易，就因为他们在给孩子、家庭遮风挡雨。

"儿子长大了一定比爸爸强。"我自豪地拍拍儿子的肩膀，"快上大班了，你在家都学了什么，给爸爸说说。"

"我不知道爸爸要问什么。"儿子对我的问话有点摸不着头脑。

"你爸问你都会什么，给爸爸背首诗或唱首歌都行。"妻子提醒儿子。

"唱哪首？"儿子问。

"唱哪首都行。"妻子想让儿子在我面前表现一下。

"小燕子，穿花衣。"儿子唱了一句脸就涨红了，有点唱不下去，不知是不会，还是害怕。

"唱啊，继续唱。"妻子催儿子，这一催儿子像受了委屈，更唱不下去了，低着头，小手不停抠指甲。

"好啦好啦，不为难儿子啦，儿子在家唱得肯定很好，今天忘了是不是？"我给儿子找台阶。

"在家唱得就是很好，托儿所阿姨都表扬我们张智呢，是不是？"妻子也在帮腔。

"好啦，不唱歌啦，爸爸连一句也唱不了，儿子还会唱呢，比爸爸强多了。来给爸爸背一首诗，让爸爸听听好吗？这里没有外人，只有爸爸和妈妈，你不用怕。"我鼓励着儿子。

"床前明月光，疑是地上霜。举头望明月，低头思故乡。"儿子有点胆怯地背完了李白的诗句。

"背得好，背得好。"我们几乎同时给儿子拍手鼓掌。

儿子的成长需要鼓励，更需要分析，我在想儿子是胆小还是不会唱，妻子说在家唱得不错，在我面前唱不下去，背唐诗也不是很流畅。说儿子胆小吧，有的时候胆子又很大，调皮起来让人哭笑不得，是什么原因造成儿子这样？是不是怕生？不对，在爸爸面前有什么怕生的。是环境变了让儿子无所适从？应该是这方面的问题。

"你愣着干什么？"妻子看我没有说话，不知我在想什么。

"我在想给儿子什么奖品呢。"我撒了一个谎，"来让爸爸亲亲。"我顺手抱起了儿子，在儿子的额头亲了一口。"跟爸爸说说想要什么。"

"想要一个大三轮车。"儿子恢复了常态。

"回去让你妈给你买。"我跟儿子许愿了。

"我要爸爸买。"儿子小嘴一撇不大愿意。

"妈妈买和爸爸买是一样的。"我看了妻子一眼。

"家里的车才买了一年不到就骑得不像样了，别人家的车都可以用好几年，我们家的什么都坏得快。"妻子不想给儿子买新车。

"爸爸同意给你买就一定给你买，不过不能在深圳买，买了带不回去。妈妈回去后第一件事就是给儿子买一辆新车，让儿子自己挑。"

"我妈不买怎么办？"儿子疑惑地问我。

"爸爸说了妈妈会买的，你说呢？"我问妻子。

"买就买吧。"妻子同意得有点勉强。

"那我们拉钩。"儿子不放心。

"好，拉钩。"我和妻子伸出了手，钩着儿子的小手一起喊，"拉钩上吊，一百年不许变。"

"谁变谁是小狗。"儿子又加了一句。

"对，谁变谁是小狗。"我又补充了一下。

这下儿子放心了，亲了我的额头，轻轻的柔柔的感觉，这是儿子对我给他买车的奖励，这次的事情在儿子的心目中留下了深深的印象：花钱的事找爸爸。

小孩的模仿和学习能力很强，在深圳短短的二十几天里，儿子好像长大了许多，对周围的事物有了从没有过的认识。高大的楼房，琳琅满目的商品让儿子目不暇接。海上世界的大船，对儿子来说简直就是神话世界。一上船儿子就开始淘气了，趴在船头的栏杆上翻上溜下，被服务员斥责了几次，我稍不留神他又爬了上去，气得我打了儿子，拉着妻子就走，儿子坐在甲板上大哭，妻子对我的教育方法不满。

"你怎么能这样对待儿子！"妻子不愿走，想拉儿子起来。

"不用拉，我们走远了，他自然会爬起来跟上来的。"

"我不信。"

"你不信，只要你不回头看他就行。"

"你看他又坐下了。"儿子刚站起来，妻子回头看了一下，儿子又坐在了甲板上。

"跟你说不要回头看你就是不听，孩子没有你这样教育的，你软他就硬，你硬他就软。"

"我不信，不要忘了他是个不懂事的小孩。"妻子说。

"就因为他是不懂事的小孩才更不能心软。现在不好好教育他要遵守社会公德，以后就更难办，什么事情都由着他，长大了咋办？心该狠的时候一定要狠，这是为他好。走，我们走慢点，他会跟上来的。"

我拉着妻子慢慢走，一再告诫她不要回头。不一会儿子爬起来一溜烟地跑了过来，挡住了我们的去路。儿子眼泪汪汪的，不服气地看看我，再看看他妈，发现我们都不高兴，大气都不敢出："爸，我要吃冰激凌。"

"下船买好吗？"

"我现在要吃。"

"看来儿子是渴了，刚才哭都哭渴了。"妻子还是心疼儿子。

"不行，下船买。"我在坚持。

"为什么？"儿子问。

"船上一个要4块钱，船下一个1块5角钱，下了船爸爸给你买4个，爸爸妈妈吃两个给你吃两个好吗？"我耐心跟儿子解释着。

"好，那下船买。"儿子听话了。

"这就对了，听话就是爸爸的好孩子，走，我们下船了。"

"你是打一巴掌送一块糖。"妻子笑着说。

"怎么样，你看儿子多听话。"这话是说给妻子听的，在家里遇到儿子不听话时妻子说她一筹莫展，有时儿子为要买吃的，抱住妻子的大腿不放，坐在地上哭闹，妻子没有办法只能满足。其实这是一种坏习惯，第一次你答应了，以后就麻烦了，不能因为他小而让他养成不良习惯。为了帮他养成好的习惯，一定要"狠心"。

"你这方法挺管用，要是我就没办法。"妻子对我说。

"不是你没有办法，是你下不了狠心。"

"男人的心就是狠。"

"不是男人心狠，对待儿子这样的调皮孩子，只能这样。"我自豪地说着。

深圳之行要结束了，妻子和我商量说："儿子快5岁了，让儿子学点什么？"

"别的孩子都在学什么？"我问妻子。

"学画画的，学电子琴的都有。"

"那就学画画吧。"

"我想让他学电子琴，让儿子感受一下音乐的美妙，不要和我们一样不懂得欣赏音乐。"

"儿子同意吗？"

"哪有什么同意不同意的，让他学就得学。"妻子说得相当坚定。

"你说学啥就学啥，电子琴回去就给买一个，不要太好的，差不多就行，等两年后儿子有兴趣了再买个好的。"儿子我又管不上，说了也没有用。我是不打算让儿子学这学那的，我认为幼年时期除了托儿所阿姨讲的知识外，就是玩，顽皮一点更好，男孩子我不希望三棒槌打不出句话来，小小的年纪就背唐诗、宋词，简直就是摧残孩子，泯灭孩子的天性。玩也是一种智力开发方式，玩是成长过程中的一个必要环节，这个时期玩耍是主要的，学习是辅助的，玩好才能学好。

"我还想让儿子学画画，你看怎么样？"

"这个你不用问我，现在教育儿子的任务交给你了，你看着办吧。主要是看看儿子有没有兴趣，如果有兴趣就学，没兴趣就算了。再就是不要太调皮，但也不能太老实，男孩太老实了不好，我喜欢调皮点的。"

"就你的儿子还会老实，不调皮就不是你的儿子，你没看见儿子的调皮劲。一下雨，我就倒霉了，哪里有水坑就往哪里踩，只要是下雨天，一天得给他洗几次衣服。有时候脸上也是脏兮兮的，让你看了又好气又好笑。"

"星期天多带他回老家看看，让他多和爷爷、奶奶、姥姥、姥爷接触，两家的生活习惯和教育理念不一样，这样对儿子有好处，前几天让儿子唱歌的事你还记得不？"

"记得，怎么了？"

"是儿子不会唱还是不敢唱？"

"问这是啥意思？"

"你忘啦，儿子才唱了两句就唱不下去了，我想知道是怎么回事。"

"可能是害怕，在家里唱得好好的。"

"那就是缺少锻炼，不敢上台。这样不行，要经常带儿子出去走走，不能总待在家里。我看儿子缺少男人的意志，干正事时胆小，调皮时胆大。经常带他出去，也是开阔他的眼界。整天窝在家里，思维会受局限。眼界开阔也是知识啊。"

"好吧，你说得也有道理。以后有时间我就带他出去走走，看看大千世界。"

妻子和儿子在深圳这段时间，虽然出于工作的原因，我经常要加班，但还是会抽出时间陪他们到处看看，让他们一饱眼福。

孩子打人怎么办

1992年7月因母亲有病，我在家待了半年多。儿子上学前班了，本来可以不接送的，因为长期不在家感觉有点亏欠儿子，每到下午五点半总想去接儿子，让儿子也感受一下有人按时接他回家的感觉。

这天抱着儿子回家，在路过平房时碰到了儿子同学的母亲王××，看见我抱着儿子走过来，满脸笑容地问我："张爱武，你不去深圳了？"

"家里有点事，事办完了再去。"

"差不多就行了，房子也买了，还去干什么，在家好好教育教育你儿子。"

"我儿子有问题吗？"我不解地问。

"你儿子太调皮，在幼儿园经常欺负其他孩子。"王××还是一脸的微笑，说话没有恶意。

"儿子，你是不是欺负人了？"我问儿子，儿子没有正面回答，扭过头做了个鬼脸。

"叔叔，张智在我脸上画画。"这时儿子的女同学从屋子里走了出来，身子藏在她母亲的身后，伸出头来向我告状。

"你跟叔叔说说张智是怎样欺负你的，我替你打他。"

"他在我脸上画画，还抢我东西吃。"

"还有呢？"

"还有……"女孩欲言又止。

"你也在我脸上画过画。"儿子说着话，还挥动了一下小拳头，那女孩吓得不敢说了。

"张智。"我严肃地跟儿子说着，"欺负女孩子你还有理了，小心爸揍你。"

"陈××回屋子里去，这里没你的事。"王××说着把女儿往屋子里推。

"没事，没事，让你女儿把话说完，我对儿子的了解不是很多，刚好在你女儿这儿了解一下，对教育我儿子有好处。"我极其诚恳地说着。

"都是你多嘴。"王××责怪女儿。

"妈妈，张智就是欺负人了，还不让人说。"陈××噘着小嘴巴，一副不服气的样子。

"让你女儿说说看，张智还做过什么坏事。"我对王××说。

"他每次溜滑梯都抢在第一个，他们几个男生不溜完不让我们上。"陈××也不管她妈同意不同意，就开始数落张智的不是了，"还有玩积木游戏时，总是把我们的积木抢走不让我们玩。"陈××说话时双眼瞪得圆圆的，看来真是受了儿子的欺负，今天总算有了告状的机会。

"好，等会回去，叔叔好好打他一顿，替你出出气。"我跟陈××说道。

…………

路上，我没跟儿子过多交流，而是回家处理这件事。回到家，我问妻子："孩子在幼儿园欺负同学的事情你知道吗？"

"听同学家长说过。"

"那你还不管管，还放任自流。一旦养成不好的习惯，改正起来会很难。"

"你不是一直说孩子调皮点好吗？孩子打人能有多大力气，就是小打小闹而已，看你把问题说得这么严重。"

我有点生气了，说："难怪孩子在幼儿园打人呢，原来你不加制止，反而还认为这件事没什么大不了的。这个坏习惯一旦养成了，会多可怕你知道吗？社会上那些地痞流氓不是天生就是这样的，是从小家长没教育好造成的。"

"那你说怎么办？"妻子看我语气很严肃，也有点心虚起来。

"告诉他要跟小朋友和睦相处，此外，让老师严加管教，家园一致，可以有效改掉他这个毛病。"随后，我找了个机会找到了张智的老师，告知了张智欺负同学的事情，恳请老师好好管束他，老师同意了。

后来我听妻子说，张智在幼儿园乖多了，有几次还成了幼儿园的模范儿童。

找出孩子淘气的原因

　　孩子姥姥家有一排平房，那是儿子的天地，每次来了儿子都会爬上去玩。房顶的四周没有栏杆，姥爷怕张智摔下来，每次总是扶着梯子，前几年还能看住，现在年纪越来越大，就看不住了，儿子的手脚反应特别快，稍不留神就爬了上去，让人担惊受怕。

　　姥爷只能每次喊我妻子来看儿子，妻子上去了，儿子和妻子在房顶上转圈，她又不敢过分追，怕儿子一脚踩空摔了下去。吃饭时间到了，儿子不下来，妻子也不能下来吃饭。以前妻子在来信中跟我说过，但我没有亲眼见过也不以为然。这次我碰上了，真是挡也挡不了，说也不听，儿子又上了房顶，我听见岳父喊我。我一看，好家伙，在上面站着，双手叉腰，像发号施令的司令官。

　　儿子的顽皮我是喜欢的，但得有个度，上房顶太危险了，一旦摔下来后果不堪设想。我的性格不好，但看到这种情景也不敢发火，一是在岳父家，二是怕把儿子吓一跳。看着儿子在房顶上，我笑嘻嘻地问儿子："张智，房顶上好玩吗？"

　　"好玩。"儿子回答。

　　"有什么好玩的？"我在下面问。

"上面可以看见好多地方。"

"那爸爸也上来看看好吗？"

儿子以为我也和他妈一样会喊他下来，或者和姥爷一样训斥他一顿，没想到我不但没有让他下来还要上去，他高兴了："爸爸快上来。"

上到房顶，眼前顿时开阔了起来，秦岭山脉巍峨挺拔，盘山公路如长龙在山间舞动，宝成铁路似仙女的飘带时而钻进隧道时而显露山间，如此美景难怪儿子每次都要上来，一年四季，春夏秋冬，美景各有不同。

"张智，爸爸问你，每次你来姥姥家都要上来，是因为好玩还是好看？"

"好看，也好玩。"

"那你跟爸爸说说都有什么好看和好玩的。"

"爸爸你看。"儿子小手一指对面的秦岭山脉，"有时可以看见山上的人家就在白云里面，有时可以看见火车钻进山洞，一会又从山洞里钻了出来。"

"还有呢？"

"还有公路就像一条长蛇一样在山上转来转去的，一直到山顶。"儿子好像遇到了知己，把他看见的都跟我说了一遍。

原来是这样，难怪儿子喜欢上房顶呢。如果我要是不上到房顶，看到周围的美景，我也一样认为孩子就是淘气，会骂他一顿，然后禁止他爬房顶。

现在社会发展了，科技进步了，生活富裕了，在享受现代社会新生活、新玩具的同时，也丢掉了童真、童趣、童乐。儿子除了在幼儿园学的一点知识外，基本上就是妻子讲的各种各样的儿童故事，这样的生活对孩子来说太单调了。现在很多家长喜欢把孩子带到大城市去玩，大城市当然能开阔孩子的眼界，但对于城里孩子来说，乡下也能给他带来童年的美好感受。这件事给我很多启示。只要我在家里，有空闲的时候，都会带他去乡下走走、转转，感受下乡村生活的美好和恬静。

当然，房顶是不能让他爬了，毕竟太危险了，但有什么办法让他不爬房顶呢？

"如果有比房顶更好的地方能看到美景，你愿意不再爬房顶吗？"

"可以啊。"张智回答道。

"好，以后我让你妈定时带你去爬山或者去乡下去看美景。"

"爬山也能看到美景吗？"

"当然。"

从此后，张智很少再爬房顶了。

这件事结束后，我跟妻子和孩子的姥姥、姥爷进行了交流，把我跟张智的对话跟他们说了一下，最后，我让妻子有时间就带孩子去乡下或者爬附近的小山，满足孩子俯瞰大地的快乐，充实他的童年时光。

做家长的，总是说孩子淘气不好管，其实是我们没有搞清楚他为什么会淘气，只要掌握了他们淘气的原因，就可以找到切实有效的应对策略，让他们不再淘气。

上小学了，开始严格要求

儿子快到上学的年龄了，和他一样大的小朋友都上小学了，我们夫妻商量后认为没有必要提前上学，再给儿子一年玩的时间，6岁上学在班上算年龄小的，方方面面都不如人。说是一岁之差，在二十几岁的年龄看不出什么不同，但对于6岁的儿童来说差别大了，处处都显得被动，如果跟不上留一级的话会给儿子留下阴影。

如果7岁上学，因为儿子是6月的，要比其他的学生大几个月或1岁多，有优势，起码少受人欺负，在这种心理的驱使下，儿子是7岁2个月上的小学，果然不出所料，儿子在班上是年龄大的，处处都显得比其他同学成熟老练，加之个头又高，自然成了小朋友的领头羊。

很多家长恨不得孩子刚出生就懂得很多知识，能无师自通。这种急切让孩子成才的想法不仅让家长心态失衡，也会让孩子无形中背负很大压力。我就反其道而行之，让孩子晚点上学，从现在张智的发展来看，很不错。

既然上了小学，就是正式接受教育了，不能有丝毫的马虎。重点是要培养他良好的学习习惯，这点我和妻子都很清楚。

每天吃过晚饭，在妻子的监督下，儿子对当天语文课中新学的拼音、生字，反复拼写，牢记在心，再把课文熟读到会背为止。这样一来，孩子吃过晚饭就必定会做作业，良好的学习习惯养成了。

到了三四年级，数字的运算复杂化，进入四则运算孩子很容易犯急，也容易搞混，这时要培养他的耐心和细心。记得妻子是让儿子抄题，再运算，再抄题，再运算，通过一遍遍抄写，让他变得有耐心。语文的学习，妻子要求他多念、多记，更要多背。不是有句话嘛：背得多，忘记别人的，剩下的都是自己的。背得多了，脑子里就有了东西，写起来就会得心应手。

有人问，你家小孩的学习习惯是怎样养成的。说来话长。孩子的教育妻子有着很大的功劳，她为了让孩子养成读书学习的习惯，开始几乎是强制性的，命令张智吃完晚饭就做作业，不准找借口。做作业的过程中，不准讨价还价，扭扭捏捏、拖拖拉拉，一会儿去喝口水，一会儿去上个卫生间。做作业的时候，绝对只能做作业，不准干其他事情。

很多家长爱怜孩子，孩子讨价还价后，家长就让步了，这样怎么能培养孩子良好的学习习惯呢？慈不掌兵啊。你现在让他们自由自在，以后谁让他们自由自在，他们的生活谁来负责？

儿子曾问过妻子："妈，为什么我要默写生字，背会全文？我问过其他同学，人家的家长就没有这样的要求，只要默写会生字，把作业做完就行了。"

妻子面对儿子的疑惑，认真地说："你看每一个家庭都不一样，有的爸妈都在厂里上班，有的爸爸在厂里上班，妈妈不在厂里上班。你多背一点，不是更有好处吗？你看你考试分数明显就比别人高，这就是你多背、多写的缘故啊。"

孩子若有所悟。

让孩子认清现实，体验人生的残酷

暑假了，儿子和妻子再一次来到了深圳，这次一同来了三家，儿子和妻子住在厂内，吃住不要钱，可以自由出入，其余两家住在厂外招待所，吃住要收费，而且不能进厂，这件事对儿子的启发和震动特别大。

"爸，我和我妈为什么可以进厂，李××他们为什么不行？"这是儿子这次来深圳提的第一个问题。

"因为爸爸是主管。"

"是主管就可以和别人不同？"

"是的，在任何地方都是这样。"

"在大厂呢？"儿子说的大厂就是我们家乡的国有工厂。

"在大厂也是这样。"

"李××她爸在大厂是工程师，还是技术经理，怎么也不让李××进厂？"儿子有点想不通。

"这里是私人的工厂，不管你以前是干什么的，在这里只看你的工作能力，也就是对老板工厂做的贡献大小。"

"李××说她爸在大厂是经理，经理和主管比，谁的官大？"小孩子就是有攀比思想，在学校也是如此。

"这个说不清楚。"

"我和我妈进厂时门卫对我们特别客气。"

"因为爸爸的能力强，能给老板多做贡献，所以他们对你们好。"

"那在大厂你怎么不如李××她爸？"儿子不解地问。

"这个问题跟你说了你也不能理解。"我回答道，儿子太小理解能力有限，还真不大好解释。

"你能不能不给儿子灌输这种不健康的思想？"妻子最烦我给儿子说这些，说这会把儿子教坏。

"什么健康不健康，本来就是这样，儿子我跟你说，大厂是要求学历。"

"什么是学历？"儿子问，其实这些知识对他来说有点深奥，但儿子问起来了又不能不说。

"学历就是大学毕业证。"

"李××她爸是大学毕业？"

"李××她爸是大学毕业来到大厂的，工作干得不错，后来提拔成了技术经理。"

"那在这个厂他怎么不当技术经理？"

"在这儿不行。"

"在这儿为什么不行？"儿子问起来没完。

"张智不要听你爸胡说，咱们出去玩去。"妻子看挡不住我说话，想拉儿子出去。

"我不去，我要听我爸说。"儿子要弄清楚是怎么一回事。

"爸爸没有上过大学，也就没有学历，在大厂只能做工人，不能做技术工作，李××她爸是技术经理，在大厂干的是技术工作。在这里爸爸干的是技术工作，但李××她爸干的技术工作，在这用处不大，况且干的时间没我长，所以也就当不上经理。"

"你没有上大学都能干，为什么李××他爸是大学生不会干？"

"上大学的人，有些人能力非常强，而有些人能力就不强，关键看个人。"孩子不大理解这个道理，我就打了个比方，"就像你们班30来个人，都是同样的老师教的。有的学习刻苦，所以成绩好；有的不用功，所以成绩差。你明白了这个道理没？"

"明白了。"孩子似懂非懂地回答道。

在这个问题上，妻子跟我唠叨过很多次，说小孩子才这么点大，就教他这些"乱七八糟"的东西，是污染孩子的心灵。我不置可否。

这次我们父子交流后，张智一下子好像懂事了很多，学习更加认真。妻子告诉我这个事情时，我很意外。真不能小瞧孩子的领悟能力啊。张智高考能考全省七十多名，是不是跟这次交流有关呢？

朋友如何选择

孩子上小学，有一件事情很关键，就是交友。这个时候小孩子该如何结交朋友呢？不是每一个同学都可以当朋友的，要有所取舍。

在这个问题上，我跟妻子存在分歧。我跟她说，要帮助儿子分辨哪些同学能交往，哪些不能交往。妻子回答我说："小孩子懂得什么？小孩子单纯得很，你把问题看得太严重了吧。"

"不是我把问题看得严重了，是交友不慎，会影响孩子的前途。"

"孩子都很单纯，不像大人，何必这样斤斤计较。"

"小孩子确实单纯，但他们所处的家庭就未必单纯了。"

为什么我强调交友要有所选择呢？当时在深圳，我看到一些小学生或者初中生，放学后在一起打打闹闹，有的甚至收同学的保护费。要是不给的话，会被欺负。这样的学生要是我们家张智交上了，跟他们学坏了，孩子的前途就毁了。

我给孩子交友提了两个要求：第一，我们厂的孩子，因为大家都熟悉，所以戒备之心不需要太强。如果是不熟悉的孩子，就需要问问他的家长是做什么的，如果是混混，还是算了吧。虽然家长是混混，子女未必是混混，但受家庭环境影响，孩子的坏习惯会很多。第二，不能结交过多的朋友。学生的主业是读书，不能今天你到我家串门，明天我到你家串门，相互串门不仅浪费家长时间，也让孩子学习时间减少，打乱孩子的学习节奏。

曾经有人说过：在学校呼风唤雨，像个人物的人，未必能始终如此。那些读书埋头不吭声，没什么存在感，常常被人误解为是书呆子的人，有些到最后却成为成功人士。他们读书时之所以像个书呆子，不过是为了以后成为体面人物、衣食无忧、走上人生巅峰蓄力而已。

结交是成年人的事情，跟孩子无关。孩子需要的是几个玩伴，不需要过多的朋友。

在我的耐心劝说下，妻子终于同意了。

当然，孩子成长过程中，伙伴是不可或缺的，妻子从厂里的孩子当中给儿子找了几个玩伴。妻子经常招呼这几个孩子来家里玩，这几个孩子有几个共同的特点：一是成绩普遍不错，学习习惯好；二是脾气都相对温和，相处过程中不会出现打架斗殴的情况；三是都比较节俭，不铺张浪费。这样一来，孩子成长过程中，既没有缺少伙伴的陪伴，又养成了好的习惯，成绩也不错，一举多得。

孩子问敏感话题怎么办

孩子成长过程中，总会问一些比较敏感的话题，有的家长要么根本不回答，要么批评孩子，这样做是否正确呢？

看电视就会有广告，面对电视机里的卫生巾广告儿子给我们出了一个难题："爸，你说女人都那么大了怎么还要用尿布？"

"谁说的？"

"你看电视里面天天在做广告，就是尿布，给女人用的。"

"你是小孩，你不懂，那不是尿布。"说真的，我也不好给儿子解释，这个话题太敏感了。

"就是给女人用的尿布。"儿子很天真。

"你看见你妈尿床了没有？"

"没有，但我妈也买过那个尿布。"

"小孩子不懂，不要问那么多。"我怕回答不好儿子的问题，想尽量避开。没用的，儿子没过几天自己在家里翻出了一包卫生巾，拿出一片自己夹在裤裆里，在家里走来走去，妻子看了，笑得合不拢嘴，我也笑得泪花直流。

"儿子，你羞不羞？"我打趣说。

"我不管，我要看看今天我能不能尿床。"儿子天真地说，"爸，你看尿布根本不管用，一泡尿都吸不干，电视上还说不渗漏双保险。"儿子把一泡尿尿在了卫生巾上。

我感觉不解释不行了。

"儿子，那不是吸尿的，是女人例假用的。"

"什么是例假？"儿子好奇地问。

"长大了你就会知道的。"妻子说。

"现在就跟我说。"儿子态度相当坚决。

"好，爸爸跟你说。是这样的，女人和男人不一样，女人过了十五六岁每月都要来一次例假，来了例假就要用卫生巾。"

"那什么是例假，为什么要来例假？"儿子还要问到底。

"这是女人的生理构造决定的，反正是每月都要来，等你上初中了，会学生理课的，到时你就懂了，你现在让爸妈说，我们也说不清楚。"只能这样跟儿子说了。

儿子听了我的解释，好像懂了似的，从此以后没再问过这个问题了。

有些敏感问题，如"我从哪里来的"等，如果家长如实回答，可能会比较尴尬，也说不清楚，一般不正面回答，或者找个答案糊弄过去。这样做是可以的，但如果像张智这样追根究底，就需要好好回答了。其实，如实回答也没什么大不了的，别把敏感问题当成洪水猛兽。

不要把孩子的好习惯当成坏习惯

随着年龄的增大，儿子的好奇心也逐渐浓了起来，没有他不问的，没有他不敢动的。家里有一个闹钟，是专门叫醒我用的，因为我这个人睡得沉，每天早上要靠闹钟的铃声叫醒，儿子经常目不转睛地看这个闹钟，我没有在意儿子的举动。

一天下班回来，儿子没有出门找小伙伴玩耍，我感到怪怪的，我走进屋子找他，看他在干什么。走进我的卧室一看，儿子坐在地上，手里拿了把螺丝刀，地上摆满了各种零件，一看就知道儿子把闹钟拆了，儿子见我进来了，一脸的恐慌，站起来说："爸，我不是故意的。"儿子神色紧张，脸上的汗都冒出来了。

"什么不是故意的？"我装成没事一样。

"我把闹钟拆了，是想看看它为什么会走，现在装不回去了。"

"原来是这样，没事，爸来告诉你如何装。你拆的时候做记号没有？"

"做了，你看每个零件上都有编号，我原来想和我的玩具一样，拆了可以装回去，没有想到闹钟比我的玩具难装多了，所以用纸条做了编号。"

我拿起一个零件看了看，真的做了编号，是用小字条写好编号，用胶水贴上去的。

"儿子，干得不错，值得表扬，起码知道动脑筋了。"

"你儿子还有受表扬的时候。"妻子回来了，一进门就听见了我和儿子在说话，还没明白我们父子说的是什么，就来了这么一句。

"儿子怎么就不能表扬了？做了好事就要表扬。"我回答。

"我以为你儿子做了什么好事，原来是把闹钟拆了，简直一个败家子，就这，还值得表扬？"妻子进了大房间，看见儿子把闹钟拆了，脸上没有表现出不满，但嘴里还是讥讽了我和儿子。儿子也不在乎，在家里只要有我支持，儿子才不怕他妈呢。

"话可不能这么说，有的小孩你让他拆，他还拆不了呢，儿子能拆这就是本事，你没看见儿子给每个零件做了记号？"

"要是装不回去，我看明天你用什么？就你这人睡觉和死猪一样，把你卖了都不知道。"

"去，去做你的饭去，这里没有你的事，装不上大不了买个新的石英钟，本来这就是个老古董了，你看谁家现在还用这种机械闹钟。"我让妻子出去做饭。

真让妻子说准了，虽然儿子做了记号，但还是装不上，儿子是按前后顺序做的记号，这没有错，但儿子把闹钟的发条给搞坏了，闹钟不能用了，儿子看看我："爸，怎么办？"

"没事，你知道了闹钟的工作原理就值了。"我说，"有没有不清楚的地方？"

"没有。"儿子回答。

"你给爸说一遍行吗？"

"可以。"儿子把我给他讲的闹钟工作原理说了一遍，我基本满意，我又给儿子补充了一点。"这只是一个最简单的力学原理，到了初中你们课本上有这个原理，以后要学的东西很多，要认真学习。"

儿子满意地点点头，只要他感兴趣，你给他讲什么他都听得很认真，而且可以记得很牢。

孩子拆了家里的东西，挨了家长的打，这样的事情很常见。尤其是一些贵重的东西，被孩子拆开了无法复原，更是让家长怒火中烧。当你们要发火的时候，不妨想想，这是不是孩子的一种好习惯呢？发明家爱迪生从小就喜欢拆东西，爱因斯坦更是"破坏力"惊人。做技术也需要动手能力，从小就有好奇心和动手能力，难道不是一件好事？为了避免孩子拆开贵重的东西，不妨将它们藏在孩子看不到、拿不到的地方，这样孩子就只能拆那些家长能够接受的东西了。这既能满足孩子的动手欲望，又解决了孩子拆了贵重物品而让家长恼火的问题。

家长要做好榜样

家长总是埋怨孩子不成器，也不看看自己是如何做的。整天打牌不着家，酗酒，有什么资格要求孩子呢？家长是孩子的镜子，要求孩子做到的，家长首先要做到，我们是这样要求自己的。

下班后，我们夫妻俩立马回家，不在外耽搁。休息日，不是带孩子出门玩，就是在家辅导他写作业，有时有同事邀请我们打牌，我一概拒绝。孩子的事情比天还大啊。

孩子有一次问我："爸，你为什么不像×××爸爸一样，晚上打打牌呢？"

孩子这样问我，是有目的的。每天晚上我都监督他读书写作业，不敢有丝毫的懈怠。他希望我出去打牌，他好玩一会儿。

"我没那个爱好。我现在最大的责任，就是好好照顾你，让你以后成为有用的人。"

除了不闲逛、不打牌、不扎堆外，也严禁爆粗口。我要求自己做到的，也要求孩子做到。

一天在车间里遇到一件不顺心的事，我进了家门往沙发上一坐，越想越来气，不由得骂了一句："他妈的，王八蛋。"就是这么一句话让儿子和妻子听见了，还没等我反应过来，儿子开口了："爸，你爆粗口了。"

"我什么时候爆粗口了？"我问儿子。

"刚才你骂人了，我听见了，不信你问我妈，妈你听见没有？"儿子不依不饶。

"听见了。"妻子做证。

"我骂该骂的人。"我狡辩。

"不管骂的是谁，都是不对的。你叫我不要骂人，你却骂人了，你违规了。"儿子仍旧不依不饶。

"你不能只许州官放火，不许百姓点灯。你要求孩子做到的，首先自己要做到，不能因为你是父亲就例外。"妻子不满地说道。

在儿子和妻子的夹击下，我只好承认自己爆粗口不对。

"承认错误就行了？要惩罚。做饭去。"妻子说道。

说真的，也就妻子坐月子的时候，我洗过衣服做过饭，自从去深圳后我基本上没有怎么做过饭。从深圳回来了，除了上班、辅导儿子外，我基本上成了甩手掌柜，现在让做饭还真是对我的处罚，做就做也没什么，也算是给儿子一个警示。

有原则地满足孩子的要求

有一个星期天儿子和妻子去了市里，我加班回来他们母子还没有回家，闲来无事，我打起了游戏。不一会儿妻子回来了，一进家门就怒气冲冲的，进门"砰"的一声把门关上了，儿子没有回来，我打开门一看，没有见儿子，回头问妻子："张智呢？"

"不知道。"妻子坐在沙发上一边喝水，一边气冲冲地回答，不用想，肯定是儿子又让妻子生气了。

"到底是怎么回事？"我不安地问。

"等会儿张智回来你问他。"妻子没好气地说。

"到底是怎么回事嘛。"

"你儿子老毛病又犯了，上街后要买这买那。刚才我说要回家，你儿子不让走，非要再给他买一个游戏卡才能回家，我要上车你儿子挡住我不让上。"

"那你给他买不就行啦，我以为是什么大不了的事。"听了这话我的心稍微放下了一点。

"你说得倒好，今天他出门花了十几块钱我都没说什么，买游戏卡绝对不行，这个毛病都是你在深圳给惯的，他要什么你给他买什么。"

妻子指责我。

"我问你，你回来了儿子呢？"我有点急了。

"我把他推开了，我上车走了。"

"你怎么能这样？把自己儿子给丢了。"说完，我马上冲出家门，骑上自行车，找张智去了。

刚出家属院，远远看见儿子迎面向我跑来，我悬在半空的心终于放了下来。儿子看我来了，"哇"的一声哭了。

"看把你累的，也不知道休息一下。"

"我妈回来没有？"儿子气喘吁吁地问我。

"回来了。"

"我妈没有跟你说什么？"

"说了，有什么事情回家再说。"

回到家里，我给儿子倒了杯水，妻子还在生儿子的气，儿子也是满脸不高兴。母子俩你看看我，我看看你，谁也不理谁。

"张智你说说今天是怎么回事。"我率先打破沉默。

"我不说，让我妈说。"儿子不愿说。

"那你说。"我看着妻子。

"刚才跟你说过了，我不想重复。"

"你们俩谁都不说，再这样我可不管了。"

"爸，你说咱家是不是很穷？"还是儿子先开口了。

"不穷啊。"我问儿子，"什么意思？"

"每次我让我妈买东西我妈总是不同意，太抠门了，有时候我都不相信他是我亲妈。"儿子的话让我们大吃一惊。

"张智你不能有这种想法。"我很严肃地说道。

"那为什么问她要钱每次都这么难？"儿子�’着小嘴埋怨。

"胡说八道，哪一次我没有给你买？"妻子一听儿子的话气得脸都白了。

"你们俩都不许胡说，张智，你跟爸说今天到底是怎么回事，必须实话实说，不许胡搅蛮缠。"

儿子看我说话表情严肃，低着头磨磨蹭蹭地用脚后跟不停地踢墙壁，好一会儿才开口："今天我让我妈给我买一个游戏卡她不给我买。"

"还有呢？"

"我不让我妈上车回家。"

妻子想插话，我示意不要开口："就这些？"

"还有我拦着我妈不让上车，我妈把我推开，她上车走了。"儿子说的和妻子说的差不多，证明儿子没有说谎。

"你是抱着我的腿不让我上车。"妻子纠正儿子的说法。

"没有，我是拦着你，没有抱你的腿。"儿子也不承认。

"不管是抱着还是拦着，这都不重要，重要的是你说你这样做对不对？"我问儿子。

"别人家的游戏机比咱家的游戏机买得晚差不多半年，可人家的游戏卡比咱家的多，我让我妈给我买一个有什么不对？"儿子看着我说。

"先不说买游戏卡对不对，在大街上抱住你妈的腿这个做法就不对，不知道的人还以为你妈是后妈呢。让厂里的人看见了，你妈多没面子，你说是不是？"

"本来就不应该给你买游戏卡。"妻子插了一句嘴。

"就要买。"儿子的声音又大了。

"有本事自己买去。"妻子也不示弱。

"就要你买，抚养儿子是你的义务。"儿子大喊。

儿子小小年纪，居然还懂得这么些道理，不简单。都说现在小孩子成熟得早，看来此言不虚。

"抚养儿子是我们的义务，但买游戏卡不是我们的义务。"妻子又来了一句。

让他们这样吵下去不是个办法，我马上插嘴道："今天你妈给你买吃的没有？"

"买了。"

"买了多少？"

"我没有记。"

"你满意不满意？"

"满意。"

"对吃的满意，对没有买游戏卡不满意是不是？"

"是。"

"那么你认为游戏卡必须要买吗？"

儿子没有吭声，很显然，他知道游戏卡不是必需品，可买可不买。

"我知道你的游戏卡旧了，要买游戏卡可以和我商量，不能你想买什么就买什么。家里的一切都是有计划的，游戏卡不是生活必需品，也不是学习必需品，就是一个娱乐工具。我们有抚养你的义务，但我们不能什么都满足你，对学习有促进的我们都会尽力满足你的，你妈这样做都是为你好。"

"爸，我的游戏卡怎么办？"说了半天儿子还没有忘记游戏卡。

"你最近学习成绩有所下降，要是考试成绩提高了，我就给你买。你看这样行不行？"

"要考多少分？"

"每门课95分以上。"妻子说道。

"这要求太高了，我做不到。"儿子嘟囔着，"每门85分。"

"不行，太低。"妻子反对。

"这样吧，和买东西一样，各人让5分，每门90分，你们看行不行？"

"有点便宜了他。"妻子不太满意。

"好，就这样。说话要算话。"

说来奇怪，自从跟儿子达成了这个协议后，他学习起来劲头更足了。期中、期末考试每门课都95分以上，超额完成了"任务"。

既然孩子做到了，做家长的当然也要做到，后来我们给他买了游戏卡。

做作业必须认真，不许糊弄

由于买了新的游戏卡，孩子做作业虽然也像以前那样，吃完晚饭就开始做，但因为着急打游戏，所以字迹写得比较潦草，而且错误明显多了起来。妻子检查过儿子的作业后，把儿子的作业本给撕了，要求儿子重做，儿子和妻子争了起来，眼泪汪汪的："我不重做。"

"不重做不行。"妻子特别严厉。

"你把我的本子撕了，让我明天跟老师怎么说？"儿子哭得挺伤心。

"你明天去学校跟老师怎么说我不管，今天我就要求你做好。"

"你撕一篇也就算了，你把一个本子都撕了。"

"不撕你不长记性。"妻子说话的语气始终都特别严肃，我能感觉到。

"你是一个坏妈妈，有的同学他妈还替儿子做作业呢，可你……"儿子说不下去了，哭声更大了，好像是给我听的，想让我出来说话。

"别人是别人，你是你，明天你不要吃饭，我替你吃饭行不行？"

"不行。"哭声小了一点。

"为什么不行？"

"我的饭你吃了我吃什么？"儿子反问妻子。

"学习和吃饭一样，是谁的谁吃，替儿子做作业是对儿子的不负责任，就是替他儿子吃饭，这样是害了他儿子。"妻子耐心地跟儿子解释。

"那你也不应该撕我的本子。"

"不撕你的本子，你不改，最近跟你说过多少次了，你听了没有？"妻子在责问儿子，但口气上缓和多了。

"没有。"儿子认错了。

"去洗一下脸，喝点水，所有的作业重做。"

"所有的都要重做？"

"对，重做，每一篇作文重写一遍。"

"明天我跟老师怎么说？"

"就说本子被我妈撕了。"

"那不行，这样说老师会问你妈为什么撕你的本子，你让我怎么说？"

"你就实话实说。"

"实话实说老师和同学会笑我的。"

"没发现你还怕别人嘲笑，什么时候脸皮变得这么薄了？"妻子在拿儿子开涮，我在外面都笑了，"今天的作文在新本子上写，以前的作文重新写在另一个本子上。"

儿子去洗脸了，我在沙发上看电视，儿子出来了，我装没看见，每次遇到这种事我都是躲着，因为这是妻子的责任，我不能插手，即便是妻子做得不对或者太过分也不能插手，这和别的事可不一样，一旦出来护短，那么下一次遇到同样的事，儿子就有了依靠。儿子大了，虽然有点懂事，但对于学习和玩耍是没办法进行正确处理的，有时也会因贪玩而影响学习，这时只有妻子用严厉的手段来控制，才能让儿子认真学习，时间长了形成了一种习惯，学习上的事儿子不找我，他知道找我也没有用，特别是他和他妈为学习闹起来时没有人给他帮忙，哭够了最后事情还得自己解决。洗完脸，儿子进了他的小屋，妻子给儿子拿了一点水果。"不用着急写作文，先吃了水果再写。"妻子这是恩威并用，"明天你跟老师说我妈没注意把水倒在作文本上了，这不就混过去了。"

"好。"儿子答应着，刚才的暴风雨就这样结束了。

不好好写作业还有另外一个原因，就是不知道怎么写好作业，既然如此，就只好糊弄了，这跟态度无关，跟能力有关，这就需要提高他的学习能力。比如，儿子作文写得很不好，每次都是那样写，完全没有新意。

妻子发现这个问题后，跟我商量，如何才能提高孩子的作文水平。我让她到书店买来几本优秀作文选，要求儿子一篇一篇地背，并买来字、词、句的精彩段落要儿子背，还要求儿子背诵课文，时间一长，儿子写起作文来就生动多了。

此外，妻子要求儿子多注意每天自己身边的事，写一些自己认为有趣的事，如对人外表的描写、对动植物的描写等。后来中考和高考，儿子的作文都得了高分，这应该和我们的教育有关吧！

帮助孩子树立正确世界观，不能让他的心灵受到污染

孩子越来越大，懂的事情也越来越多。有一天晚上，我们聊天。

"童××他爸又带着他出门吃大餐了，还给他买了几百块钱的游戏卡，每次我买游戏卡，你们总是找各种借口。"

一听这话我都傻了，我们最怕儿子提这种问题。因为童××父亲有些钱来路不正。

童××的衣服全是名牌，几百块钱一件，是我一个月的工资，我们没有这个能力给儿子买。吃得更是讲究，动辄就去大酒店吃一顿，每次儿子得知童××又去了大酒店吃饭，脸上就露出一副酸溜溜的神情。

我知道，这件事情不给他解释清楚，他的人生观会出问题。

"那你认为他们吃得好穿得好是什么原因？"

"有钱呗。"

"在你同学当中和童××一样的家庭有几个？"

"就一个。"

"这不就对了，童××家不是极少数嘛，你看看你的其他同学，有几个比咱家好的？"

"好像没有了。"儿子又想了想，"还有吴××比咱家好。"

"也就这两家，吴××家和童××家谁好？"妻子问。

"当然童××家好，十个吴××也比不上童××家。"儿子回答。

"除了这两家是不是其余的都不如咱家？"

儿子又想了想说："除了他们两家，其余的都不如我们家。"

"没有了就说明咱家还不错，你应该知足了。"妻子说，"比上不足，比下有余，这不很好吗？"

有些问题我不能很明白地告诉他，而是让他自己领悟。

"爸先问你，你和同学还有老师对童××有什么看法？"

"什么看法？"儿子不解地问。

"就是对他家和他本人都说了什么？"

"有，多了去啦。"儿子想起来了。

"好听的还是不好听的？"

"当然是不好听的。"

"这就对了，你要知道，有些钱是不能赚的。拿了这些钱，晚上睡觉都不安稳。你愿意你爸坐牢吗？"

"肯定不愿意。"

"我们每个月的收入都是工厂发的，没有不义之财。你要记住，不管你以后做什么，不义之财一定不能要。人生最大的幸福莫过于睡得着觉、吃得下饭。"

儿子似懂非懂地点点头。

抓住合适的机会教育儿子

现代科技给人们带来便捷和快乐的同时，也带来了烦恼，如果把卡式游戏机看作初级游戏的话，那么电脑游戏算是中级水平了。儿子五年级第二学期的时候，因为一时冲动，我把儿子带进了电脑游戏世界，这个世界是让无数家长害怕的世界，也是让无数子女荒废学业的世界。

刚开始没有给儿子装游戏，儿子天天闹，你不给他装游戏，他自己去书店看书，学习了解装软件的知识，买一个游戏软件自己装，电脑的硬盘只有不到1G，分了两个区，儿子不懂，把游戏装在了C盘，也就是系统盘，搞得我使用电脑也不方便，只能给儿子装游戏了，第一次给他装的是"红警"。装了游戏就给他做了规定，放学回家必须先做作业，然后打游戏，我们下班回来儿子在打游戏，翻翻他作业本，发现他作业都做了，看起来很听话的样子。我们夫妻怎么算，儿子做作业的时间都不够，可作业就是做完了，带着疑问，妻子问了儿子的同学。儿子同学告诉妻子，张智每天课间不休息，都在做作业，难怪儿子每天的作业都做完了。

面对这个问题，妻子埋怨我买了电脑，其实现在不买以后还要买，电脑是我买的，管理电脑和管理儿子打游戏时间的任务也就落在了我的头上。一天，我有意在儿子后面，晚回家十几分钟，为的是看儿子在干什么。一打开门，儿子在我们房间，儿子没有打游戏，在抽屉里翻东西，屋子里有一股什么东西烧焦的味道直冲鼻孔。

"张智，你是不是开电脑了？"我问他。

"没有呀。"儿子回答得很不自然。

"不会吧，你肯定开电脑了。"我肯定地说。

"你怎么知道的？"儿子一脸的疑惑，其实这已告诉我他开过电脑了。

"我当然知道，你说这股烧焦的味道是哪来的？"

"这个……"儿子说不上来了。

我把电脑看了看，又闻了闻，烧焦的味道是从电脑机箱里散发出来的，不用说是电脑主机出了问题。我按了主机开关，主机的开关灯亮了，但是黑屏不启动，再一看儿子的脸，他汗都冒出来了，不用问是儿子干的："爸不说你，你告诉我刚才是怎么回事就可以了，爸不怪你好吗？"

儿子看了看我，声音很小地告诉我："我听见开门声，知道是你回来了，怕你看见我打游戏说我，怕来不及，我就把电源开关给关了。"

"游戏没有退出来，强行关的机？"

"是。"

"烧焦的味道你闻到没有？"

"闻到了。"

"烟是从哪儿冒出来的？"

"好像是从机箱里冒出来的。"

"你有没有把硬币或者大头针什么的掉进去？"

"没有，我一关机就听见'噗'的一声，跟着一股烟就冒了出来。"儿子一边跟我说着一边看着我，怕我骂他，"爸，把什么烧坏了？"那时的电脑很贵，组装的都要8000多元，儿子有点担心。

"我也不知道，打开看了才知道。"

"你能打开吗？"

"能。"我打开电脑主机，仔细检查线路板，查看每一个电器元件、线路板、显卡，发现都没有问题，再仔细一看，声卡上有烧焦的痕迹，看来是声卡出了问题。

"爸，问题找到没有？"儿子比我还急。

"找到了，可能是声卡的问题。"

"买一个声卡贵吗？"

"不贵。"

"爸，你不要跟我妈说，拿我的零用钱买一个声卡装上行吗？"儿子的意思我知道，就是不想让他妈知道这件事，怕他妈知道后一是要说他，二是要限制他打游戏的时间。

"不用，才半年时间，有了问题商家保修的。"儿子一听这话放心多了，我拔掉了声卡重新开机，电脑启动了，能用，但没有声音。

"爸，你怎么什么都会？"儿子感到神奇，脸上一副很佩服的样子，这样的神情我很久都没在儿子的脸上看见过了。

"不是爸什么都会，其实爸和你一样对电脑也是一无所知，你没有看见爸最近在看电脑书？这些知识都是从书上看到的。其实电脑很简单，元器件都是集成的，就几个大件，我跟你一说你就知道了。"

"爸，你给我讲讲这里面的东西都有什么。"儿子的兴趣给调动了起来，电脑机箱是打开的，儿子的兴趣也来了，这又是我"显能"的机会，岂可放过。

"儿子你看，这是机箱。"我指着机箱开始给儿子讲了起来，"机箱的功能就和咱家里大衣柜一样是装主板和电源的，也就是一个外壳。这是主板，主板是连接所有电器元件的基板，这是主板插槽，插槽是安装声卡、显卡、内存条的。声卡是出声的，显卡是显示图像的，这是内存。内存条就像售货员一样，你去买东西，东西放在库房里，售货员要去库房里提货，售货员力量大他一次可以提两台东西，售货员力量小他一次只能提一个东西，内存条也是这样，内存条大一次提取的数据就多，内存条小一次提取的数据就少。"我给儿子耐心地解释着。

"爸，我们家的内存条多大？"

"16MB。"我回答。

"16MB，是多少？"

"1MB是1024个字节，电脑是按字节算的，英文每一个字母用一个字节，中文每一个汉字用两个字节，你说16MB是多少？"

"是1024个字节乘以16，也就是说我们家的内存条一次可提取汉字8192个，提取英文字母16384个？"

"可以这样理解。"其实我也不清楚这样计算对不对，主要是提高儿子的学习兴趣。

"这是处理器，是电脑的心脏，它负责完成所有的计算任务，其实电脑程序是程序员编出来的，编程序需要学好数学，所以你一定要学好数学。"

三句话不离本行，又扯到他学习上来了。这样教育，他不但不反感，还很虚心地接受："爸，我知道了，我不但要学好数学，还要学好其他科目。"

随后，我给他讲解硬盘、显示器、光驱、声卡等器件，儿子很耐心地听着我讲解。那一刻，他仿佛像高僧一样入定了。

随后，我跟儿子说到他利用课间写作业的事情。

"爸问你，最近你的作业是怎样完成的？是不是利用课间休息和上体育课的时间完成的？"利用这个机会赶快教育一下儿子。

"你怎么知道的？"这就等于告诉我，我说的是真的。

"因为你每天回来都在打游戏，作业又都做完了，不是利用课间休息时间和体育课的时间，你根本不可能做完作业，你说是不是吧？"

"是的。"

"我告诉你这样做不对，课间休息时间就是要休息的，你不休息下节课就上不好，短时间可以，时间长了会对你的身体和学习有影响的。我希望你不要这样，要和以前一样，该上课上课，该休息休息，要是不听话，我会把门锁上的，到了我们下班回来再开门，那样你打游戏的时间就少多了。"儿子最怕不让他打游戏，一听说不听话我要锁门，那肯定不行。

"爸，我听话，你不要锁门可以吗？还有今天的事也不许跟我妈说。"儿子用极其诚恳的语调说。

"可以，只要你听话就行，我保证不说，不过我告诉你，你什么时间开的机我是能查出来的，你妈不懂我懂。"儿子没有多问，他相信我。

我把电脑机箱装好了让儿子继续打游戏，说明天给他换一个新的声卡，这件事没有告诉妻子，只有我们父子知道，儿子很感激我。

严禁孩子玩游戏上瘾

谁也不是神仙，在诱惑面前谁都会动心的，张智也一样。随着儿子对游戏的深入了解，每天打游戏的时间已不是我们规定的两小时了，我们六点下班，六点十几分到家，做好饭吃饭时差不多七点半了。儿子提前一个多小时放学，游戏一口气打到我们吃饭，差不多两个半小时，有时超过三个小时。这些都可以同意，因为是在作业都完成的情况下打游戏的，这也是我们对儿子的要求。可是没过几个月，儿子不按要求办事了，每次到吃饭的时候，儿子不关机，也不来吃饭。

"张智吃饭了。"我在客厅叫儿子。

"知道。"儿子回答。

过一会不见儿子出来，我继续喊："张智吃饭了。"

"等会儿。"儿子回答着，就是不出来。

又过了一会，都八点了，儿子还是不出来，没办法我拿起擀面杖进去，站在儿子身边威胁儿子："你再不关机，我要动手了。"

"好，马上。"他嘴里说着，手里打着游戏，小脸红红的，没有关机的意思。

"一，二……"我开始数数了，数到三，肯定是要打他的，这儿子是知道的。

"好，关机。"每次我数到二，儿子都关机了，时间一长这招也不管用了。有一次我数到三的时候儿子站起来了，但没有关机，游戏都没有退出来，对着我说："三，我给你数，我都多大了，还来这一套，有本事你就打。"儿子脸通红，好像要和我打架似的，儿子这一说倒把我给说愣了，打也不是，不打也不是，其实我就用擀面杖做个样子，目的是让他自觉点，没有想到儿子不吃这一套了。

"好，你不吃饭，我们一家人都不吃，等你打够了我们再开饭。"我只好退了出来，坐在沙发上看电视。

"都是你自找的，谁让你买电脑了，炒股没有挣到钱，反赔了不少，现在电脑又成了你儿子的高级游戏机。"妻子本来就不同意我买电脑，炒股赔了几万元钱，现在儿子打游戏又管不了。我也烦心，妻子这么一说，更是火上浇油，我没好气地回答："你懂什么，现在不买电脑，迟早都会买的，现代科技你能挡得住吗？"

"就你能，你能你管你儿子呀，怎么管不了？你儿子不吃饭，我也跟着挨饿。"妻子很不满。

"是我的儿子也是你的儿子，不要一有问题就是我儿子，我不爱听。"我也是气呼呼的，"张智不吃饭，我们也不吃，看他能打到几点。"

我们夫妻没有吃晚饭，在沙发上坐着等张智出来吃饭，电视也开着，但谁也没心思看。快11点了张智出来了，我们坐在沙发上没有人理他，张智看了我们一眼，看没有人理他，没趣地走进卫生间洗脸，洗完脸坐在茶几前准备吃饭。

"今天全家都不吃饭。"我很严肃地说。

"为什么？"张智问。

"你自己知道！"

"我不知道。"说着儿子动手拿起了筷子，饭菜都是凉的，妻子没有热，她知道今天家里要发生大战了。按我的脾气，早就该动手打儿子了，今天能忍到现在已是奇迹了。"妈，饭凉了你也不热一下？"儿子问道。

"有凉饭给你吃都不错了，你把筷子放下，今晚不许吃饭。"我黑着脸，很生气地吼道。

"不行。"儿子也挺硬气，继续吃。

"我让你吃，我让你吃。"一股怒火直冲脑门，我冲过去一把夺了儿子的筷子，拿来垃圾筐，把茶几上的饭菜全部倒了进去。

儿子傻眼了，妻子也傻眼了，这是他们没有想到的，妻子对我怒目相向，儿子刚才打游戏被电子辐射烧红的脸还没有褪色，现在显得更红了。

"你这样做是不是太过分了？"妻子质问我。

"有什么过分，我倒要看看是打游戏重要还是吃饭重要，我就不信管不了张智。"

"儿子就多打了一会儿游戏，你至于这样吗？"妻子责备我。

"是一会儿吗？是五个多小时，不是我不让他打游戏，是他太过分了。"

"还不都是你买的电脑，炒股票赔了钱，你拿儿子出气。"妻子替儿子辩护。

"炒股票赔了钱是一回事，儿子打游戏是另一回事，不要混为一谈。"我在强辩。

"那你也不应该把饭菜倒了。"

"我今天就是不让张智吃饭，看他有多大本事，不打游戏不行，我要看他不吃饭是不是能行？"我的态度相当强硬。

儿子知道理亏，站在一边看我们夫妻吵架，不知儿子想到了什么，走进他的小屋，不一会又出来了，手里拿着一份报纸："妈，给你。"说完话站在了她妈身后。

"这份报纸应该给你爸看，给我看没用。"妻子接过报纸看了一眼，很生气地给了我，"你看看报纸的头版头条，这是你儿子前几天给你拿回来的，看你炒股票赔了钱心情不好，没有机会给你看，今天是个机会你好好看看，你是怎么做父亲的。"从妻子的话语中听得出来她早就看过了。

我接过来一看是一份家教报，头版头条就是关于不许体罚子女的事，家长要从我做起什么的。我看后真是又好气又好笑："这个我早就知道，不用你们来教育我。我当然知道体罚不对，但你这样，我有什么办法？你以为我想打你啊！"

"爸，你是怎么做的？"我的话还没有说完，儿子就理直气壮地问我。

"你说我做得怎么样？"我反问儿子。

"你做得不好，经常体罚我，这不符合现在的教育理念。"儿子理直气壮地指责我。

"你这叫野蛮管理，幸亏儿子小的时候你不在家，要是在家的话，就你这样还不知道把儿子教育成什么样子。"妻子也来了一句。

"我教育儿子还有错了不成？有本事你教育啊！为什么你打电话说儿子你管不了？不是你说管不了儿子，我在深圳还不回来呢。"

"让你管儿子也不是这样的管法，动不动就是打骂，要不就是体罚。"妻子质问我。

"那你让我怎么管，由着他的性子来，不打不骂是吗？"我的话把妻子给问住了，儿子看着他妈也不敢说什么了，我想也是，不能就这样下去。既然儿子和妻子都拿家教报来给我看，有必要和他们谈一谈："今天我没有打你，也没有体罚，你们母子既然说了我的不是，我们坐下来心平气和地谈一下，我的不对我改，儿子你的不对你改，可以吗？"

"可以。"儿子爽快地答应了，对于他来说不体罚是最好不过的，见此情况妻子也坐了下来。

我顺手关了电视，一家三口坐在一起算是开家庭会吧。"你拿回来的报纸上面写的是对的，但国有国法，家有家规，我也知道打你不对，有时候爸爸打了你也挺后悔的，但是气上来了不打也不行，因为你不听话。"

"那你可以给儿子反复说啊！"妻子说我。

"说是有限度的，我最近说得还少吗，要是说能管用的话，那还要监狱和警察干什么？要监狱和警察就是维护社会治安和管教那些不法分子的。什么是不法分子？就是不按国法办事的人。说到体罚，爸爸小的时候没少挨你奶奶的打，上百次都有。"

"那是你太皮。"儿子打断了我的话。

"谁告诉你的？是不是你妈？"我问。

"不是我妈，是我奶奶说的。"儿子回答。

"你奶奶打我是为了我好，我现在打你也是为你好。"儿子听了我的话，不出声了，"有本事好好学习上个好大学，早些经济独立，就不会挨打了。"

"我会做给你看的。"儿子夸口，一副不服气的样子。

"好啊，有你这句话就行，看你做得咋样。"听到他这样回答，我非常高兴。

"到时候我一定考个好大学，一定要比你强。"儿子说这话时眼睛瞪着我，好像我欠他什么似的。

"好啦，那都是后话，考大学是以后的事，今天不讨论，咱们先说今天的事怎么办。"妻子没好气地说。

"让我爸说，今天的事怎么办？"儿子不依不饶。

"能怎么办，凉拌。"我说了一句，也就是不办。

"不行，你不让我吃饭就是体罚。"儿子说。

"没错，今天不是你没有吃饭，我和你妈到现在也没有吃饭，这都是因为你造成的。以后就是这样，你有错我们连坐，因为我们是家长。"妻子听了我的说没有说什么，应该是同意。

"不行。"儿子不同意。

"不行也得行，你问你妈，在工厂也是有规定的，每个月都得完成工厂给定的任务，完不成任务就得扣工资，你问你妈是不是。"

"妈，是不是我爸说的那样？"

"是的。"

"那你扣过没有？"儿子问。

"扣过好几次。"妻子的回答我挺满意的。

"在工厂完不成任务扣工资，在我们家你不听话，打游戏超时太多也得处罚，我不打你也不骂你，饿你一顿你看行不行。"

"这比打骂还重，别人家就不这样。"儿子还和我讲理。

"别人家是别人家，咱家是咱家，不能比，要比的话也行，你的同学家有谁家买了电脑，没有吧？还有你几天前把电脑硬盘搞坏了，我花了1200元给你买了个新的，1200元，爸爸4个月的工资，我说你了没有？"

"什么时候又买硬盘了？钱是哪来的？"妻子问道。这事我没有跟妻子说，家里的电脑是卧式机箱，机箱就放在电脑桌上面，儿子打游戏时过了一关，这一关他几天都没有打过去，这天终于打过去了，由于高兴，一拍桌子，桌子震动把电脑硬盘给划伤了，一年的保修期刚过，只能给儿子买一个新的。

"钱是在股市取的。"

"这么大的事都不跟我说一声，是不是太过分了？"妻子不愿意了。

"本来是想跟你说的，怕你不同意就没有跟你说。"

"张智，你爸说的是不是真的？"

"是真的。"儿子回答。

"不会是私房钱吧？"妻子不信，用一种疑惑的眼光看着我。

"哪有私房钱，每月的工资不都给你了？这事以后再说，现在不要瞎掺和，主要说儿子的事。"我把妻子堵了回去，"打游戏只是一种娱乐，不要耽误了正事，就像你吃零食，不能当大米、面条等主食吃，是不是？"

"是。"

"既然这些道理你都懂，那么，你为什么还要这么长时间打游戏呢？你知道不好好学习，考不上好大学的严重后果吗？"

"我知道考大学的重要性。不过，爸，你没看到有些没上过大学的人，不也发财了，日子过得比我们还好。你看方××、楼××他爸，没读过什么书，赚的钱比我们多多了，比厂长都有钱。"

张智提的问题，也是很多家长经常面对的问题。有家长问我："张老师，我要求孩子好好读书，考上好大学，将来找个好工作，做到衣食无忧。孩子却说，谁谁谁没读过什么书，不也赚了很多钱？谁谁谁小时候穷得叮当响，现在就数他最有钱……你说我该怎么回答孩子？"

由于我在深圳工作了几年，对打工者的生活深有体会。记得当时我是这样回答孩子的："你还记得我在深圳打工的经历吧。当时跟你和你妈一起从宝鸡去深圳的还有几家，只有你和你妈能进公司的大门，其他几家只能住公司外面的宾馆。这是为什么？就因为我是领导，可以随意出入公司的大门。像我这样的，一个工厂能有几个？还有些公司，大学生一毕业就可以走上行政岗位，不需要进车间。没读过大学的，只能进车间当工人，不管你技术多好，始终是工人，这就是区别。你说的方××、楼××他爸，是几千、几万才出一个。他们想脱贫，必须做生意，否则只能活在社会底层。而做生意有可能失败，你确定你做生意就一定成功？读了大学，就业的面广了，可选择的职业多了，有些职业待遇不错，不冒险也可以获得不菲的薪水。我说的道理你懂了吗？"

孩子若有所思地点点头。

我家孩子读小学时，还没有手机，所以不存在手机游戏一说。现在的孩子，玩手游上瘾的不少，即使不玩手游，玩抖音之类的，也容易上瘾。一旦上瘾了，就不好处理了。那该怎么办呢？看见玩游戏有上瘾的苗头，马上制止，不能有任何的犹豫，也不要于心不忍。你现在于心不忍，可能会毁了孩子的前途。此外，作为家长，也不要整天玩游戏，手机不离手，要给孩子做出榜样。

跳出固有朋友圈

快要小学毕业了，儿子的学习成绩比较稳定但不突出，自从上次儿子为打游戏受到处罚后，我再没有为打游戏说过儿子。此时让我焦心的是儿子在哪儿上初中，有的家庭五年级的时候就已经给孩子转学了。

就这件事我跟妻子先商量了一番。妻子认为应该给儿子换个学习环境，理由是儿子在这里有一帮小朋友，以玩为主，没有学习氛围。如果上了中学还是这样，可能对儿子不好。

妻子认真分析了儿子几个要好的同学，除了方××和阚××比张智的学习好外，其余的都比不上张智。张智是他们的头，玩起来没有时间观念，学习上也不会有什么压力。没有压力，也就没有进步，初中很关键，初中学不好以后你想补习都补不回来。

妻子的想法我也同意，但怎么说服儿子成了一个问题。儿子跟小伙伴关系很好，要是把他们分开，儿子肯定不同意。我们商量后，妻子认为这件事只有我做，儿子才会听。我决定说服儿子。

天下的事就是这样凑巧，我们还没有想好学校，儿子小姨来了，她说让张智去长岭中学上学，只要我们同意，她可以帮忙办手续。儿子的小姨是长岭中学教师，就这样我们决定让儿子去长岭中学上学。此外，即便他小姨不帮忙，凭张智的学习成绩，长岭中学也会接收。哪个学校不喜欢优质生源啊。后来的结果证明，孩子成绩在择校时起到了关键作用。此乃后话。

这天晚饭后儿子要看书了，我们夫妻俩坐在沙发上没有起身，我跟儿子说："张智，爸妈有事和你商量。"

"什么事？"儿子一看我们夫妻都坐在沙发上没有起来，就知道我们有重要的事情和他说。

"你小学快要毕业了，有没有想到别的学校去上初中？"妻子插了一句。

"你们什么意思？"儿子发现我们是商量好的。

"没有什么意思，爸妈想让你去长岭中学上初中，你看怎么样？"

"不行。"儿子的回答在预料中。

"为什么不行？"我耐心地问。

"我的朋友都在这儿，我不去长岭中学。"

"长岭中学比我们子弟学校好，去了对你有好处。"

"有好处我也不去，和同学玩起来不方便。"

"长岭中学离咱厂子弟学校又不远，走路不到十分钟就到了，不影响你和同学玩。"

"那也不行，我不去。"

"人往高处走，水往低处流。爸妈这也是对你好，你小姨也说让你转过去，你的成绩他们也满意。"妻子跟儿子解释着。

"和我好的同学一个都没有转，我为什么要转？"儿子的态度比较强硬。

"你的同学一个都没有电脑，就你有，你怎么不比？爸妈和你商量是因为这是你的事，你大了，什么事也要你同意才行，要是我们家进行投票，你肯定输。"我说话的声音大了点。

"投票也不行，我不同意，要上你们上去。"儿子的态度非常强硬，看来不能硬逼，只好以退为进，再选时间了。

"今天不谈这事了，改天再说，你去学习吧。"

儿子不大高兴地进了房间。

"这事就这样算了？"妻子问我。

"急什么，有的是时间，慢慢来，这事急不得，你得让他痛痛快快地去才行，强迫去了也不好好学，还不如不去。"我跟妻子这样说，其实我心里当时也没底，在搜肠刮肚地想办法。

我觉得光靠我们俩劝说效果不大，需要外力推动，于是，我让妻子去书店找找是否有合适的书推荐给张智看。那段时间，妻子经常去书店。无巧不成书，真有这样一本书，名字叫《走近博士》。这是一本考上博士的学子写的书，讲的是他们从小学到中学，再考入大学到攻读博士一路艰辛的奋斗经历，催人泪下。

其中一个学生父母是油田的工人，经常走南闯北，没有一个固定的工作地点，儿子随父母到处走动，到了小学三年级的时候才有了一个能固定上学的地方。第一次进了正规的学校门，那个学生跪在地上对着学校的大门磕了三个响头，感谢有了一个正式读书的地方。儿子被感动了，每天晚上让儿子读一篇，读完一篇妻子便和儿子讨论，让儿子发表感想，感受不同学校的教育方式以及升学率。

此外，我们让他小姨拿来了我们周围几个学校最近几年的高中升学排名表，儿子看了慢慢认识到了转学的必要性。

一天我看时机基本成熟了，我让儿子读高适的《别董大》。

"为什么要念这首？高适的诗我好像没有读过。"

"以前没有读过，现在读也不晚。"我说着看了妻子一眼，妻子也不明白我的意思。

"让你念你就念，难得你爸给你出题。"妻子附和着说。

"千里黄云白日曛，北风吹雁雪纷纷。莫愁前路无知己，天下谁人不识君。"儿子读了一遍。

"理解意思没有？"我问儿子。

"不太理解。"

"多读几遍，看看下面的注解，然后再跟我说。"

儿子又读了两遍，忽然明白了："爸，你是想说让我去长岭中学上学，是吗？"

"是的，你理解诗的含义没有？关键是后面两句。"

"这是一首送别诗，前面两句是描写北风呼啸、大雪纷飞的严冬景色，后面两句是勉励他的朋友不要忧虑未来，要看到天下朋友很多。"儿子真的读懂了。

"有话就明说，什么时候学会斗心眼了，可怕啊。"妻子明白了我的用意，打趣我。

"去长岭中学上学的事你想好没有？再有一个多月就要小学毕业了。"我问儿子。

"急什么？这不还没有开学吗？"儿子回答。

"要提前跟你小姨说，办手续很麻烦的。"妻子也提醒儿子。

"还是不想去？还是不愿意离开你的那些小伙伴？那刚才的诗你是白读了，其实我当年去深圳也有很多想法，怕去了人生地不熟，没有亲朋好友帮忙。去了也就那么回事，刚开始有点不适应，时间长了就适应了。你看我在宝鸡的朋友还是朋友，在深圳又结识了其他的新朋友。人生的路长着呢，朋友总有一天会分手的，每个人的前程是不一样的，不可能永远都是朋友的。上初中了，学习压力大了，不比你上小学那么轻松，玩的时间会少很多的，爸希望你再认真地想一想，我不逼你，你想通了告诉我。上学是你的事，必须你同意才行。"

"张智，你爸是为你好，我看你爸这次够有耐心的，要是前两年，不揍你一顿才怪呢，你挨了打还得乖乖地去。"

"好啦，我去还不行吗？"儿子同意了，但有点勉强。

"这个态度不行，要去就高高兴兴地去，我不勉强你。"

"好啦，我去。"这次儿子回答得很干脆。

儿子转学的事情终于圆满解决了。

旁敲侧击，让儿子端正学习态度

当老师的都有体会，自己的孩子往往教不好。同样道理，孩子身上很多毛病，家长不知说了多少遍，孩子始终不改。一旦外人说了一次，就改了。

张智身上也有不少毛病，比如爱打游戏、喜欢做孩子王、调皮等等。这些毛病我跟他妈不知说了多少次了，都不管用，初中三年非常关键，要是学不好，考不上高中，就麻烦了，于是，我跟妻子商量，让他小姨过来教育教育他。

暑假快要结束了，儿子的小姨来了，问儿子转学的事，我们告诉她儿子同意转学了，小姨说儿子："都是你爸把你惯的，上学的事还要和你商量，好多人想去还去不了呢。"

"这不是惯，是民主，我都多大了，我的事当然要我同意才行。"儿子反驳说。

"现在不要说张智，过几年你女儿长大了就知道了，现在的子女和我们那个时期的不一样，成熟得早，知道得太多，不好管。"我一声叹息。

"张智的事情办得咋样？"妻子问她小妹。

"本来我不打算过来了，打个电话告诉你们就行了。"

"说的也是。"妻子打断了她小妹的话。

"我想了想不行，今年转学的人特别多，学校只招借读生60名，现在有300多报名的，学校要考试，前80名的留下，我来的原因是对张智不放心，你家张智比较调皮，考试成绩不能太差，太差了我这个当姨的不好说，想转学成功，还是要靠成绩说话的。"

儿子的小姨对张智不大放心是有理由的，我们的亲朋好友都认为张智太顽皮。

"张智，你小姨说话你听见没有？"妻子问儿子。

"听见了。"儿子在小姨面前多少还有点拘束，回答的声音不是太大。

"张智，你看一个人的表现多么重要，现在大了一定要注意自己的形象了，要下决心改一改自己的形象。还有最近好好复习一下语文和数学，争取考一个好成绩，起码要对得起你小姨，怎么样，能做到吗？"我给儿子打气。

"能做到，绝对不让小姨失望。"儿子这次回答得特别有信心。

"能做到就好，你能考个好成绩小姨请你吃饭。"儿子的小姨知道儿子贪吃，想用请吃饭的方法来鼓励儿子。

"你说多少名算好成绩？"一句鼓励的话儿子还当真了。

"听说转来的学生学习都不错，也不为难你，能进前60就行。"儿子的小姨想了想对儿子说。

"这个容易，前30吧。"儿子一下子提高了30名。

"前30？"儿子的小姨有点怀疑，不由得眼睛都睁大了。

"行啦，前30我请大家吃饭。"我说，"我敢保证能进前30。"

没想到我们父子这么有信心，儿子的小姨看看我们一家人，有点疑惑不解。我和儿子的话她可以不信，但她姐的信心是有说服力的，虽然没有表达出来，从她的神态和眼神里能看得出。

"既然你们这样有信心，希望张智考个好成绩。"儿子小姨的话里还有点信心不足。

"谢谢了，借你吉言。"

我们送走了儿子小姨，转学的事就这样定了，妻子回头说："你们父子今天是怎么了，说话的口气这么大，我想张智能考进前50就不错了。"

"这不是给儿子打气，给她小姨吃定心丸吗？你没看见你小妹对儿子不放心吗？"我回答说。

"说的也是，张智听见没有，要考一个好成绩，前30不敢说，进50就行了，要不在你小姨面前爸妈都不好说。"

"没事，我对儿子有信心，这几天不要打游戏，也不要去打篮球，好好复习一下，一定能进前30名。"我给儿子打气。

可能是儿子懂事了，也可能是他小姨的话刺痛了他（其实张智不知道小姨说这些话是我们有意安排的，目的是让张智好好学习，不要贪玩。从后来的情况看，目的达到了。果然是别人才能让自家孩子改掉毛病啊），或者是想让我们请他吃饭，不管是什么原因，这几天儿子没有打游戏和篮球，也没有看电视，天天在复习。人们常说：临阵磨枪，不快也光。这话还真的灵验，儿子的考试成绩出来了，儿子的小姨打电话说的。

"不错，不错，真的不错。"没说成绩，只是说不错，看来成绩真的不错。

"考了多少？"妻子迫不及待地问，其实我和儿子也急。

"第七名。"儿子的小姨在电话里说，我和儿子也听见了。

"哇，胜利了。"我高兴得抱起儿子在客厅里转了一圈，"来，让爸亲一下。"儿子抬起头，我在儿子的额头上亲了一下。

随后的分班结果出来了，儿子分在了一班。班主任还安排张智当了副班长。这样一来，儿子就不能我行我素了。这也算是帮助他端正学习态度的一种方式吧。

不要以为孩子小，就可以不给面子

长岭中学到我家走路就二十几分钟，按时放学的话，下午六点五十分孩子到家是正常的。有那么几天，儿子没有按时回家。第一天我没有过问，第二天孩子又没有按时回家，妻子很不高兴，要打电话问她妹妹，看张智在学校有什么事。我不同意，我说张智的事情不能总麻烦孩子小姨，明天下班我先不回家，偷偷看看张智在干什么。妻子虽不高兴，但还是同意了。

其实我从儿子身上散发的香烟味基本上可断定，这两天儿子放学后去了游戏厅，再说一个小时也干不了什么，但没有调查清楚事实，不能说破。

第二天下班，我去了长岭中学。长岭中学背靠冯家塬，两侧是家属楼，学校大门直对着大路，学生出来，一眼就可以看见。

放学了，不一会儿子出来了，等到儿子走过我藏身的路口有十几米，我确信没有我认识的学生了，悄悄地跟在儿子后面，远远看着他今天是否能按时回家。刚走到十字路口，就看见儿子的同学吴××、杨××在等他。他们三个一起走着，不时在说着什么。

儿子和他同学走过长岭中学家属区后，走到了杨××家附近，杨

××没有回家，说明他们几个有事，不回家的原因我得看清楚。到了西四路口，他们几个没有分手，我不大好跟在他们后面，不小心的话，会被他们发现。

我站在马路对面的松树下远远看着他们几个，几个人不知在商量什么，过了一会走进了左手边平房的第三间，没有错，那是个游戏厅。以前没有发现儿子去游戏厅，这几天不按时回家，看来是去游戏厅玩了。

看到儿子走进游戏厅，我火气上来了。这还了得，要是玩游戏上瘾了，孩子不是毁了吗？虽然火气大，但此时我异常冷静，此时不是儿子一个人在游戏厅，现在把儿子拉出来，有点太不给儿子面子，想了想还是忍一忍吧，等他出来了再说。

在这点上，需要多说几句。很多家长以为孩子小，不像大人那样爱面子，这种想法其实大错特错，孩子跟大人一样需要面子。你让孩子在大庭广众之下丢了面子，有可能让孩子走极端。我们这边曾经发生了一件令家长扼腕的事情。孩子在游戏厅打游戏，被家长抓住了。家长在大庭广众之下，给了孩子几个嘴巴，同时还让孩子下跪。而旁边有很多他的同学。这孩子一气之下，快速地跑出游戏厅，迎向对面驶来的汽车……孩子犯错了，不管你有多大的火气，一定要忍住，尤其是大庭广众之下。

站在树下的我，思考着儿子出来了如何跟儿子说，回了家如何跟妻子说。

时间在一分一秒地过去，我的心七上八下的。站在树下也不是事，总不能儿子一出来，就迎上去和儿子说吧。想了半天，看来只能等儿子从游戏厅出来时，我离他十几米远迎上去，才不会露出破绽，儿子看见了也好说。快8点了，儿子走出了游戏厅，后面没有吴××和杨××，我迎面走了过去，装着没有看见他。

"爸，你干啥去？"儿子看见了我。

"能干啥，快8点了你还没有回家，你妈让我来找你。"我装作没有看见他从游戏厅出来的样子，"学校有什么事到现在才放学？"

"学校早放学了，我和同学去了游戏厅。"不错，没有说谎，我的心情好了许多。

"去了游戏厅？不可能，你从来不去游戏厅的。"我假装不相信，和儿子一边走一边聊。

"我没有打游戏，是看一下《星际争霸》游戏的秘籍，要不然打不过去。"

"你和谁去的？"

"和吴××，还有杨××。"

"怎么没有看见吴××和杨××？"

"吴××在打游戏，杨××在看书。"

"杨××为什么不回家看书？在游戏厅看书光线不好。"

"回家他爸不让看。"

"还有这事，不让儿子看书？"

"他看的是动画书，不是课本。"

"难怪他爸不让看，要是我也不让看。他不打游戏？"

"没有钱，只有吴××打一会他打一会。"

"今天是第三天了，每天都在这儿？"

"每天都在这儿。"

"你妈让我来找你，回去怎么跟你妈说？说你在游戏厅可能要挨骂的，连续三天了。"

"爸，你今天不来找我，明天我也不来了，《星际争霸》游戏的秘籍我差不多都掌握了。"

"你昨天和前天回来为什么不说你干啥去了，让爸妈不放心，还以为你没有放学，我们要是找到学校多不好。"

"说了不是找挨骂。"

"你这样就不挨骂了？"

"爸，那你说怎么办？"

"回家实话实说，你妈骂一会就不骂了，你说呢？"

"也只能这样了。"儿子看我一眼，发现我心情不错，"爸，有件事和你商量一下。"

"什么事，你只管说，能办到的我一定办，还用商量？"我对儿子从来就是这个态度。

"是这样的，咱家的电脑速度太慢，《星际争霸》游戏打起来特别慢，《三国志》打起来射出的箭和动画片一样，一跳一跳的。"

"这个我知道，电脑发展太快，一年就跟不上了。家里的电脑用了三年了，本来配置就低，现在的游戏打不成，这我知道。"

"你能不能升个级？"

"升级不行，得换主机，换主机要3000多元，你妈肯定不同意。"

"爸，你想想办法，算我求你了。"儿子第一次这样求我。

"上次给你买了个硬盘，被你妈说了一顿，这次可不好办。"

"上次的事还不是你说出来的，这不能怪我。"

"还不是让你给逼的，你要是听话，我能说出来吗？"

"我不管，你得给我想办法，我不去游戏厅打游戏，总不能在家里也打不成吧？"孩子都喜欢打游戏，与其让他们去游戏厅打游戏，不如在家里打游戏，这样管起来方便，但目前无法满足儿子的要求。

"这样吧，期中考试考个好成绩，我才好跟你妈开口说换电脑主机的事，不然你妈要跟我吵架的。"

"学习的事没有问题，期中考试考个好成绩也能办到，就是电脑的事到时不要说了不算。"

"儿子，爸什么时候说话不算数了，学习的事你能做到，电脑的事我就能做到。期中考试前不许说电脑的事。最近打游戏的时间减少一点，反正电脑也玩不了，你说好不好？"

"好。"

"回去了见机行事，你妈骂你几句就不骂了，只要爸不说什么，你妈一个人是骂不起来的，但你不许顶嘴。"

"知道了。"

我和儿子商量好了对策回到家里，一进门妻子的声音就来了："我让你找儿子去了，还以为连你也丢了。"

"我这么大的活人怎么能丢了，开玩笑。"我笑着和妻子打哈哈。

"在什么地方找到张智的？"妻子没好气地问。

"在西四路口碰见的。"我一边换鞋一边说。

"不用你说，张智你放学干什么去了？"妻子说话气呼呼的。

"我去游戏厅了。"儿子回答得很轻松，和没事一样。

"什么，去游戏厅了？"妻子一听火就上来了，"你听听，你儿子放学不回家去游戏厅打游戏。"

"不要发火，刚才我已说过他了，他没有打游戏，只是在看别人打游戏。"我给儿子辩护。

"你再说一遍，在什么地方看见他的？"妻子好像明白了什么，在问我。

"在西四路口碰见的。"我回答。

"你出去一个多小时了，在西四路口碰见的张智，你就骗我，这么点路不要说走了，就是爬回来也要不了这么长时间，到底是怎么回事？"

"是这样的，我在西四路口碰见的张智，他刚好要去游戏厅我就去了，你也知道我不去游戏厅的，刚好也见识一下。儿子确实没有打游戏，就是看了一会别人是怎么打的，我们就回来了，怎么能说是骗你呢，这话说得多不好听，不知道的人还以为我是骗子。"我给妻子赔笑道。

"张智你说，不要你爸说。"妻子看来是不完全相信我的话。

"我爸都给你说了，你让我说什么？连我爸都不信，你还能信谁？"嘿，没想到儿子反应倒是挺快，将了他妈一军。

"昨天和前天干什么去了？"妻子的语气缓和多了。

"也去游戏厅了。"看得出来，儿子回答时连想都没有想。

"也是没有打游戏，只是看了看？"妻子用疑惑的眼神看着儿子。

"没有打游戏，就是看了看，信不信由你。"儿子坦然地回答，看来有我撑腰，儿子的说话口气就是不一样。

"明天还打算去吗？"妻子问儿子。

"跟我爸说好了，期中考试前不去了，好好学习，完成你定下的计划。"儿子回答得滴水不漏。

"原来你们父子俩串通好了，回来对付我。"一听儿子说好好学习，妻子的气一下子就没了。

"我们没有串通，只是交流了一下，谁敢串通对付你，不想吃饭了？我们父子还指望你给我们开饭呢。"我打趣着说。

"知道就好，不说了，开饭，儿子也该饿了。"妻子说着，去厨房端饭菜了。

本来是一场家庭风暴，在我的冷静处理下，就这样轻松解决了。要是处理不当，说不定会出现什么后果。

给孩子的承诺一定要兑现

善意的谎言化解了一场危机，自从我和儿子达成协议后，他再也没有去过游戏厅，每天放学按时回家。在家打游戏的时间从每周三次降到了两次，但时间没有少，星期六和星期天各打三小时，妻子看在眼里，喜在心上。她不明白儿子为什么会发生这么大的变化，也不知道我和儿子的协议。妻子是高兴的，我就犯难了，时间一天天地流逝，我对儿子考一个好成绩是有信心的，但对我能否兑现承诺把握不大。我去问过收二手机的，我家的主机能卖1500元，配一个新主机需4000多元，还有一半的钱没有着落，股市的钱不能再动，怎么跟妻子说成了我的一块心病。

有一天，儿子在电脑上学英语的时候我突然想到了办法，只有用学习这个借口来实现自己的计划。英语软件在读短句的时候发音快慢可调，对，就利用它，把英语软件发音调到最慢，然后把系统盘装到只留一点点空间，刚够启动电脑就行了，但学习会死机，跟妻子说电脑带不动了，要升级了，不然不能学英语了。妻子不懂电脑，为了儿子的学习，她肯定同意，这样计划不就实现了？跟儿子也有个交代。想到这儿，我兴奋不已。我赶快在电脑上做了手脚，试了一下还行，开机一会儿就死机了。

儿子每周都要在电脑上学英语的，这天又是学英语的时间，我和妻子坐在客厅看电视，不一会儿子喊我："爸，你来一下。"

"有啥事？"我问。

"你看电脑没有办法学习，开一会儿就死机了。"

"好，我来看看。"说着我进了大屋，看是怎么回事，一看电脑果然死机了。

"怎么回事？前两天不是还好好的。"我说着重新启动了一下电脑，电脑好了，"好啦，能用了。"说完我看电视去了，电脑的事情妻子不关心。

没过一会儿子又喊了："爸，电脑又死机了。"

"怎么回事，看个电视都不得安宁。"我显得很不情愿的样子。

"快去看看，是你看电视要紧还是儿子学习要紧？"妻子催我。

我给电脑清理了垃圾文件，电脑还是不好用，其实儿子也不知道我做了手脚。"我也没有办法了，咱家的电脑太落后了，软件装多了就这样。"我说话的声音很大，是有意说给妻子听的。

"那怎么办？"儿子心急地问。

"能怎么办，只能升级了，这事要跟你妈说，跟我说没用的。"我说这话时跟儿子挤了挤眼，示意儿子跟他妈说。

"妈，你进来。"儿子明白了我的用意，马上喊她妈进来。

"我不懂电脑，有事让你爸给你解决。"妻子不愿管这事，她知道她也管不了。

"不行，我爸说他解决不了，要你解决。"

"好，我来看看。"说着妻子很不情愿地进来了，"有什么事你爸解决不了？"

"你问我爸。"儿子把问题推给了我。

"是这样，电脑落后了，儿子的学习软件带不起来，用一会儿就死机了，没有办法学习。"我跟妻子说。

"前几天不是好好的，现在就不行了，不会吧？"妻子疑惑不解。

"前几天没用《走遍美国》的对话篇，现在才用，所以电脑带不起来，不信我给你试试。"说着我又重新启动了电脑，不一会又死机了。

"那怎么办？"妻子问我。

"只能升级了，要不儿子以后不能在电脑上学英语了，你看怎么办好？"

"期中考试成绩出来了，如果大家满意就给你升级。"妻子看了半天我和儿子的表情，没有发现什么就同意了。

"要等到期中考试成绩出来才升级啊？"儿子有一点不满。

"根据你期中考试成绩确定买不买新主机。"妻子语气很坚决。

"好啦，你妈能同意给你升级已经很不错了，知足吧儿子。"我拍了拍儿子的肩膀，"现在就看你的啦，不要到时候让大家失望。"电脑升级的事就这样定了，就看儿子能否抓住机会了。

期中考试成绩出来了，儿子真的没让我们失望，年级进了前二十，班上第三名，这样的成绩我们高兴，儿子的小姨也高兴，妻子参加儿子的家长会回来，乐得合不上嘴："儿子挺争气的，怎么样奖励儿子？"

"先不说奖励的事，说说老师都说什么了？"我最关心的是老师对儿子的评价。

　　"老师什么也没说，家长坐在自己子女的座位上，读完成绩讲了对家长的要求和班干部名单，表扬了几个学习好的，其中有张智，让班干部的家长站起来给大家认识一下，那时脸上真有光彩，后十名的家长留下，老师要单独开会。"妻子说着，脸上的光芒还没有退，好像还在开家长会。

　　"妈，电脑的事怎么办？"儿子问。

　　"不是说好了吗，让你爸明天去办就是了。"妻子说着看了我一眼。

　　"我问过了，升级不行，因为电脑的主板不支持现在的内存和显卡。"我跟妻子说。

　　"那怎么办？"妻子问。

　　"只能换主机了，我问过了，咱家的主机能卖1500元，换主机要4000多元，你看怎么办？"我把皮球踢给了妻子。

　　"要这么多钱，能用几年？"

　　"现在电脑发展很快，换了主机用到高中没有问题吧。"其实我内心也没把握。

　　"那就换吧。"妻子有点无奈，但开家长会带来的喜悦还没有消退。儿子一听高兴了，说："爸，明天就给我去换。"

　　"那当然，你妈同意了，这事就好办了，爸是跑腿的，就等你妈一句话，明天晚上你就可以用上新机了。"事情办成了，顺便在儿子面前也把妻子吹捧一下，让她花了钱也高兴。

用名人故事激励孩子，让孩子树立正确的人生观和世界观

孩子需要榜样，没榜样学习缺乏动力。为了让儿子好好学习，体验人生的各种滋味，我和妻子决定让他多看点文史方面的书，具体让他看哪些，我们争执不休。我认为像《史记》《资治通鉴》之类的对孩子成长有好处，而且还能让他的古文知识得到有效提高。

妻子对我的想法不是很同意，她说古文儿子未必看得懂，一旦看不懂，就达不到陶冶情操、励志的效果。

想想张智的年纪尚小，没有古文根基，读古文确实有点困难，于是我建议让儿子读名家小说，比如鲁迅、沈从文等大家的作品。

妻子也不同意，她认为看小说对儿子没有什么作用，因为他没有人生阅历，看小说不能理解人生，不能体味生活，对儿子的教育意义不大，特别是言情小说，对初中生来说只是浪费时光。

那让孩子看什么呢？妻子最终决定，让孩子看名人传记。妻子的这个决定，我也同意。于是，妻子开始张罗起来，买回了《爱因斯坦自传》《居里夫人自传》《林肯传》等，各方面的名人自传都有。

尤其是《林肯传》，儿子读了两遍，对伟人的成长脉络有了个大概了解。他在《林肯传》的空白处写道：伟人不是天生的，也是经过了万

般磨难和千锤百炼，才有了后来的辉煌人生。伟人也是有缺点的，不过他们知道扬长避短，知道怎么去改正缺点。伟大和藐小只有一步之差，就是这一步之差，决定了一个人的未来和命运。

名人传记要是都买回家的话，那要花很多钱，于是妻子让儿子在市图书馆办了张卡，儿子有时间就去看传记类图书。

跟张智聊天，问他看了这么多名人传记，谁的传记对他的影响最大。张智说是《林肯传》。他说林肯出身不好，但经过自己的不懈努力，终于成了美国总统。其次爱因斯坦传记和居里夫人传记对他的影响也不小。

看了这些名人传记后，儿子心中的目标渐渐明晰。他说考上宝鸡中学是他的短期目标。长期目标是进入知名大学学习，争取成为一个有出息的人。我和妻子都很高兴，不过很小心地提醒他，有了目标固然可喜，但要实现目标，需要付出努力。儿子明白我们的意思，他说跟我们一起制订学习计划。在三人的讨论下，计划制订出来了。

第一，每天老师布置的作业必须完成，不能打折扣。

第二，要预习第二天学习的内容。

第三，写日记。不管什么内容都行。其实张智写日记已经晚了，最好小学三年级就开始写。我们当时考虑的是，童年是最美好的时光，不能让孩子在童年就很辛苦，所以一直没让他写日记。到了初中，就不能再享受了，需要静下心来多学点东西了。而作文占语文分数的比例很大，作文写好了，语文就成功了一半。

要求背诵的文章一定要背诵。除此外，我们认为有必要背诵的，也应该背诵。俗话说，熟读唐诗三百首，不会作诗也会吟。多读多背是有好处的。

虽然妻子坚持让孩子看传记类书籍，我也同意了，但总感觉有什么不对劲。仔细思考后发现，人要吃五谷杂粮，才有益于身体健康，广泛阅读，也有益于孩子成长。在我的建议下，张智开始看《钢铁是怎样炼成的》这类书。此外，《读者》杂志也经常买回来给他看。随着阅读范围的扩大，他的作文水平也慢慢提高了。

初中阶段，孩子可看的书很多，但有些书孩子还是少看为妙。比如言情小说，对孩子的成长作用不大，还有鬼怪系列图书，对孩子的成长更是毫无益处，更不可能为孩子树立正确的世界观、人生观带来什么帮助，不建议购买。

虽然说正确的世界观、人生观的形成不是一蹴而就的，但是多读好书，对孩子形成正确的世界观是有帮助的。张智后来道路走得比较顺利，跟读了很多好书不无关系。每天跟好书为伴，孩子想学坏都难啊。

孩子学习态度和方法出了问题

"你们对张智的学习成绩和一年来的表现满意吗？"一天，孩子小姨来我家，还没坐稳，她就问了这句话。这话问得我们一头雾水，不知道什么意思。

"当然满意了。"我回答道。

"有什么不对的吗？"妻子也不明白，难道成绩有假？不可能的，开家长会时成绩单明明摆在自己面前，不可能不对，我看看儿子，儿子也一脸疑惑。

"成绩不错，可喜可贺，但最近的学习方法不对，这样学习现在还可以，以后学化学和物理用这种方法就不行了。"儿子小姨说道。

原来是孩子学习方法出了问题，还以为孩子成绩是虚假的呢，这下放心了。我想知道孩子学习方法出了什么问题。

"学习方法不对，你说说怎么个不对？"妻子问她小妹。

"都是自己人，我也不客气了。"儿子的小姨看着张智说。

"有什么客气的，都是自己人，你也是为张智好，有什么就说没事的，我们不会说什么的。"我也很想听听儿子的学习方法到底出了什么问题。

"是这样，前几天我问了张智的班主任和几个任课老师，他们都说张智的学习方法有问题。"

"有什么问题？"妻子迫不及待地问道。

"张智上课时不用心听讲，特别是地理和历史课在做其他科学的作业，这样下去不行的，张智，小姨说得对不对？"

"说得不全对，地理和历史课我自己会学的，老师也是照书讲，和我看没什么不一样。"儿子承认了自己上课不认真听讲的事，但这样的回答显然让人无法接受。不是她小姨今天来说我们也不知道，如果长期这样下去，肯定不行。

"这就不对了。老师讲课看起来是照本宣科，但每节课都是要用心备课的，老师讲的是精髓，浅显易懂，能抓住要领。上课不但要好好听，而且要做好笔记。如果不好好听讲，不做笔记，而是做其他的作业，这样不但不能学好历史、地理，总分也会受影响。初一的成绩不错，没有让我们失望，这要鼓励而且要奖励，但存在的问题也要纠正，不然时间长了就改不过来了。以后上课不能做与上课内容无关的事，也不能做其他科目的作业，更不能说闲话。每一节课都很重要，要把老师讲的记下来，要集中精力听讲，做好笔记，要养成良好的学习习惯。刚开始可能不太习惯，但时间长了，你会发现听老师讲课要比自己学习理解得快，记得牢。还有上课时要大胆发言，不会的地方要举手提问，要多和学习好的同学交流。"儿子的小姨跟儿子苦口婆心地说着，儿子好像有点不在乎，一副不服气的样子。

我对他的态度非常不满意："张智，你小姨跟你说话，你听见没有？"

"听见了。"儿子回答得不是很虚心。

"我告诉你，你小姨都是为你好，不但学习是这样，就是我们在工厂也是有师傅的，爸也是学徒出身。自学可不可以，可以，但太慢，而且要走很多弯路，有时候为一个小问题你可能要用几个小时，如果有人给你提示一下，几分钟就能搞定。老师就是你的师父，过去讲，一日为师终身为父，现在不讲这些了。但你的行为就是对老师的不尊重，对老师的不尊重就是对父母的不尊重，你好好想一想做得对不对。"

"张智，爸妈对你的成绩很满意，你小姨也高兴。人是要不断进步的，要进步，就得虚心接受别人的批评和意见，你说小姨说的是不是事实？"妻子问儿子。

"是事实。"儿子说话时看看她小姨，好像对她小姨不满意。

"张智，你不用看我，看我也没有用，小姨这样做是对你爸妈和你负责，你高兴不高兴我不管，这次我跟你爸妈说，以后有什么不对的事，我一样跟你爸妈说。"孩子小姨强硬地说道。后来，他小姨跟我们私下聊天时说，在读书学习这件事上，必须强硬，不能妥协，孩子错了，就一定要让他改。

"我知道。"儿子漫不经心地回答。

"知道就好，你这一年的进步我们都知道，但离优秀还差得很远，最近的表现让人失望，我也不多说了，你们忙，我回家还有事呢。"儿子的小姨说完就走了，我们送她到楼下。

我们和儿子为这事讨论了起来："张智，不是妈说你，刚才你对你小姨的态度不好，这可不行，你小姨能来说这事，这是对你负责任。"

在这个问题上，我们做了很多工作，最终他想通了。此后，他小姨说张智没再犯过这方面的毛病。孩子学习上出了问题，解决得越早越好。

正确处理家庭矛盾

家长都希望孩子好，但矛盾不免会存在，小摩擦经常出现。如何处理好家庭矛盾，是家长必须要解决的问题。谁见过家长和孩子关系紧张，孩子能成才的？

有一次，我们在看电视，儿子在学习英语，妻子给儿子送水果时发现儿子手里拿的是英语书，戴着耳机好像在听英语，但好一会不见翻书。妻子有意将耳朵贴近儿子的耳机，听到耳机里发出的声音不是英语，而是流行歌曲，这下妻子气坏了。

"张智，你在听什么？"她的声音很大，我在客厅都感到了妻子的火气很大。

"我在听歌，怎么啦？"儿子没有理妻子，继续听歌，妻子火气更大了。

"我以为你在学英语呢，原来是打着学英语的幌子在听歌。"

"听歌怎么了？听歌又不犯法。"儿子说话的声音也大了。

"不行。"妻子怒火万丈，准备抢儿子的复读机。

"妈，你给我放下。"儿子一点也不示弱，听到这儿我有点坐不住了，我再不进去母子俩要闹起来了。

"干什么？你们这是干什么？"我一边走一边朝儿子的房间喊。

儿子见我进来了，一脸的委屈："爸，我妈抢我的复读机，不让我听歌，还说我犟嘴。"这叫恶人先告状。

"好啦，你把复读机给张智，有什么事咱们坐下来说。"我跟妻子说。妻子看了我一眼，怒气冲冲的，一副不依不饶的样子。没办法，我从他们手里强行要出了复读机，打开复读机一看，里面确实是一盘流行歌曲的磁带。妻子看着我，儿子也看着我，我知道在等我发话。"走，咱们到客厅坐下说。"我说道。

"不去，就在这儿说。"妻子不同意。我原想利用去客厅的机会，给妻子使个眼色，让她不要这么冲，看来是不行了。

"好，在这儿说就在这儿说。"我拉了一下妻子，"坐在儿子的床上慢慢说。"我们坐在了儿子的床边。

"今天你不能做好人，张智的事你要好好管一管。"妻子首先向我开火，好像我平时不好好管儿子一样。

"张智你先说是怎么回事。"

"有什么好说的，你都听见了，我妈不让我听歌，还抢了我的复读机。"儿子好像很有理一样。

"抢了你的复读机？你说买复读机是干什么用的？"妻子怒气冲冲地质问。

"学英语的。"儿子回答。

"那你在干什么，是在学英语吗？"妻子质问儿子，气还是那么大。

"谁告诉你复读机只能学英语，就不能听歌？"儿子反问。

"你听听，听听你儿子在说什么？都是你惯的。"妻子不但说儿子，连我也带上了。

"有什么说什么，就事论事，不要乱扯。张智你跟我说，学英语的时候为什么要听流行歌曲？"我很平和地和儿子说。

"学累了，想歇一会，换换脑子，有什么不对吗？"儿子和我说话总是比较讲理。

"没人说不对，累了就是要休息一下，劳逸结合嘛。"我说。

"我妈说我不对，还要抢我的复读机，你看我妈就像恶狼一样，真让人受不了。"

"谁是恶狼？好心给你送水果吃，我还有罪了，成了恶狼？"说着妻子的眼泪都下来了，要不是我在场，妻子非打儿子不可。

"好啦，张智不能对你妈这样说话，这叫不尊重长辈。"

"都是被我妈气的，没事找事。"

"谁气谁了？谁给你找事了？"妻子也不甘示弱。

"你们俩不要争，谁也没有气谁，都是一家人，有什么可气的？张智你的磁带是什么时间买的？"看来我只能当和事佬了。

"不是我买的，是借同学的。"儿子回答。

"你妈刚才要复读机，你给了就没事了，让她看看有什么了不起，为什么要闹成这样？"

"给了她，她会砸了磁带的，这你又不是不知道。"儿子说的也是，要是把复读机给了他妈，真的会砸了。

"这样吧，张智你看你的书，要不去看电视也行，我和你妈说一会儿话。"我想把她母子分开。

"我不去，要说你们去客厅说。"儿子不去。

"不行，今天的事当面说清楚，你不能和稀泥。"妻子也不同意。

真是一对犟牛，其实两个人都没有错。"张智你妈管你没有错，是爱你，像你同学刘××那样父母不管也不对，你说对吧？你看每天晚上你妈都给你送水果吃，一大早还要给你做饭，你应该感到幸福才对。"儿子默不作声。"当然你学英语累了听一会儿歌也没有错，你妈看你在看英语书，以为你在听英语磁带，你学习你妈当然高兴，一看你是在听流行歌曲，那不是挂羊头卖狗肉吗？起码给人这种感觉，所以你妈以为你欺骗了她，发火也是正常的。"

"我看我妈除了关心我的学习和吃饭外，别的什么都不关心，一天就是学习，学习，再学习。"儿子不太满意我们的教育方式。

"学生以学为主，不学习你干什么？"妻子不依不饶。

"学生以学为主，你呢，你是以看电视连续剧为主，还说我呢，先管好你自己再说。"儿子也是一肚子的不满。

"你们都少说两句，这个家我是户主，我说了算。"看来母子俩在一起这话是说不成了，从儿子的话语中明显可以感到对我们的不满，由于儿子有点怕我，所以只说了妻子。这样的不满只有通过和儿子的沟通才可能解决。妻子在这儿只能越说越乱，解决不了问题，所以我拉着妻子的手说："走，你去客厅看电视，顺便也消消气，我和张智说。"妻子不愿意走，我硬把妻子拉出了儿子的房间，把妻子按在沙发上，我才走进儿子的房间。

一进儿子的房间，见儿子已经把他床上的被子扔在了地板上，一脸的怒气，双脚踩在被子上，以此发泄心中的不满。

"好，踩得好。"我拍着手叫好。

"这都是我妈气的。"儿子见我进来了，嘴里嘟囔着，不再踩了。

"没事，有气都发出来，为了健康爸不会说你的。"

儿子一看我的态度，又狠狠地踩了几脚，然后长长地出了一口气。

"怎么样，气出得差不多了吧？"我问道。

儿子没吭声。

"其实每个人都有生气的时候，爸也是这样。记得在深圳，我有一次气得没办法，只能跑到山上大喊大叫，这样过一会儿就会好的。心中有什么委屈，发泄一下就好了。"

"爸，你也有被人气得没办法的时候？"儿子不解地问。

"有，怎么会没有，你有你的难处，父母有父母的难处，只要你在这个社会上都会有难处，你不是刚看过电视连续剧《雍正王朝》吗？你看雍正身为一国之君不也要受气吗？何况我们平头百姓。受气不怕，怕的是没有用合理的方式化解，钻牛角尖，对自己对别人都不好，你说是不是？"

"好像是这样的，但有的时候不由你自己，不知怎么搞的。"

"其实你这点比爸强，爸像你这么大的时候脾气比你大多了，可能是你继承了你妈的一部分基因，所以你大部分时间还可以克制住自己。你看爸就不行了，现在有时还为一点小事激动发火，这其实不好，容易得罪人。"我继续说道，"先吃了这个苹果再说，这是你妈给你削的，不吃白不吃。"

儿子接过了苹果，我看着儿子的情绪好多了，就没再说什么。

其实每次儿子买游戏碟都是我和他一起去的，学生以学为主，但也要全面发展，什么都不能偏废。最后我告诉儿子睡觉前跟他妈说几句好话，认个错就行了。

妻子的事好解决，摆平了儿子再来摆平妻子，我把和儿子的谈话跟妻子说了，妻子说我是和稀泥做好人，不和稀泥有什么办法？

我还告诉妻子，有一次把儿子气得没有办法，儿子把妻子的工作证扔在了沙发底下，好几天妻子都没有找到，是我和儿子交谈后儿子告诉我，我捡起来偷偷放在妻子包里的。

如果夫妻双方都吼叫，那谁跟孩子沟通呢？孩子是需要沟通的。不管孩子怎么样，家长至少有一方要善于倾听孩子的心声，与孩子进行有效沟通。发脾气、吼叫一开始可能有用，但长期下去，作用就不大了。这个道理家长们一定要懂得。家和万事兴嘛，家庭和睦了，孩子不就能健康成长了吗？

不准孩子在外打游戏，在家陪孩子打游戏

很多孩子毁在了游戏上，我家孩子曾经也喜欢玩游戏。但我们想了很多办法，都一一失败。怎么办呢？无奈之下，我们想出了一招。

先从一件事情说起。

儿子初二的一天晚上，七点多了，儿子还没有回来，中午走的时候也没有说他晚回来，我们夫妻只能去学校找了。

华灯初上，夜色茫茫，行人稀少，只有游戏厅人头涌动。我们路过游戏厅门口时，偶尔也能看见有父母在游戏厅门口张望，一定是在找自己的孩子。一路走过几个游戏厅，都没有看见儿子的自行车，基本上可以肯定儿子不在游戏厅。

到了学校，学校大门已上锁了，只有一个小门供人进出，我们告诉了门卫来意，门卫很客气地让我们进去了。

四层和五层是高二和高三的教室，灯火通明，学子们在上晚自习。在二楼的中间有一间教室还亮着灯，好像有人在里面，那是儿子上课的教室，我们夫妻上去后悄悄地走近一看，一个熟悉的身影正背对着我们在仔细地看着黑板，那就是张智，正在写黑板报。

看了一会儿我想叫儿子，妻子示意我不要打扰儿子，我们会心一

笑，又悄悄地走下楼。回家的路上妻子很高兴，乐滋滋地说道："张智跟别的孩子不一样，说不打游戏就不打游戏了。"

我说："是我们的办法想得好，否则，孩子就有可能陷入游戏的深坑中出不来了。"

九点多儿子回来了，一进门妻子故意问儿子："怎么这么晚才回来，该不会打游戏了吧？"

"游戏厅我好久都没有去了，没意思。"儿子回答。

"那你怎么这么晚才回来？"妻子又问。

"学校明天要举行优秀学生讲演交流会，每个班要出一个板报，我在画板报来的。"

"那也不会这么晚。"妻子还在有意追问。

"你怎么就是不信你儿子呢，对你儿子就这么没有信心？不信你可以打电话问，你看我手上的粉笔都没有洗干净。"儿子有点不耐烦。

"好啦，就相信儿子一回，该给儿子开饭了。"我打断了娘俩的争论，"张智去把手洗一洗，肚子不饿吗？"

"早都饿了，我想不会用多长时间的，没想到这么晚才画完。"

"下次要是太晚了，自己在自由市场买点吃的，这样长时间挨饿对胃不好，容易得胃病。"

"好的，不过没想到要这么长时间，要是想到的话，我会买饭吃的。"儿子一边说着一边去洗手了。

儿子吃饭的时候我问儿子："你刚才说打游戏没意思，这是什么意思？"

"打游戏就是没有意思，时间长了你会发现，它既不能提高你的知识，也不能催你积极上进，带给你的只有一种肤浅的感官刺激而已，回头一看什么也没有学会，白白浪费了时间，虚度了年华。"

"你既然知道打游戏的害处，那你为什么每周还要打游戏？"我好奇地问儿子。

"不论玩什么都不能上瘾，上了瘾就是玩物丧志，就有害。我现在打游戏是一种消遣，你看我每个星期只打两个小时游戏，打多了也没有意思。"

儿子的回答让我非常满意。

其实儿子在玩游戏这件事上也走了一段时间的弯路。当时他跟随几个小伙伴偷偷地打游戏，结果着迷了。我们知道后非常气愤，在游戏厅逮住孩子，像老鹰抓小鸡，把孩子抓回来，然后一顿胖揍，但效果不是很明显，孩子还是会偷偷地去打游戏。

后来妻子问我怎么办，要是打骂都解决不了问题，那还有其他方法吗？我们吸取教训后，进行了反思，为什么我们打了孩子，孩子依然不改正缺点呢？

主要是我们一边罚，一边又溺爱。看孩子受委屈了，想着补偿回来。这样的教育方式怎么能教育好孩子呢？

后来当张智玩游戏无心学习时，我们也会处罚他，但处罚过后，绝对不能流露出半点痛惜的样子，让他知道我们这次是真的生气了。这样一来，他就会学乖了。

当然，仅仅用这一招让孩子避免沉迷于游戏还不够。我要求儿子，不能跟同学去游戏厅玩游戏，要玩的话，一定在家里，我陪他一起玩。儿子同意了。

　　每次他在家玩游戏时，我都先跟他说好玩的时间。规定好了时间后，我就坐在孩子旁边，看着他玩游戏。有我在旁边监督着，儿子不好意思超时，久而久之，游戏玩起来也就不那么尽兴了。

　　在孩子沉迷游戏那段时间，我们就经常带着孩子去农村他姥姥家，或者带他去爬山，目的就是切断儿子和电脑的联系。这几个手段一起用起来，效果不错。儿子能说出"玩游戏没意思"，是我们努力的结果啊。要是放任自流，孩子依然会沉迷于游戏的。

　　那些正为孩子玩游戏苦恼的家长，不妨试试我们的方法。

把要好好学习的原因告诉孩子

很多家长告诉孩子要好好学习时，总是这样说："好好学习，将来考上好大学，找份好工作。"这样的告诫太抽象，孩子是不大明白的。或者这样说："你看谁谁谁，考上了好大学，找到了一份好工作。你要好好向他学习。"这样的鞭策看似有道理，但孩子可以找出其他例子来反驳："谁谁谁没上过大学，不照样吃香的喝辣的？"所以说，要让孩子好好学习，一定要把好好学习的原因细致分析给孩子听，让他心服口服。我们曾经跟孩子就有过这样一次谈话，效果不错。

事情是这样的，初二暑假我们看电视节目，当年高考录取了370多万学子，陕西省一本录取率不到20%，我和儿子算了一笔账，从现在起到儿子大学毕业还有8年，这8年不算以前的毕业生，每年的毕业生按照400万计算，到时有3200万毕业生。到那时我这个年龄的人才50出头，还没有到退休年纪，如果不好好学习，将来很难找到一份像样的工作，养家糊口都可能有问题。

儿子对我的分析颇不以为然："我就不信不上大学就不能生存，那些没考上大学的不都活得好好的，没看见谁寻短见。"

"没有大学文凭本来就不好找工作，现实就是这样。"

"香港的李嘉诚、包玉刚都没有上过大学，不是一样事业有成，所以上大学不是唯一的出路。"儿子反驳说。

"李嘉诚、包玉刚是什么年代的人？那时候，不说大学生，就是小学毕业的都少，你怎么能拿那时候的人跟现在的人比？现在要是不上大学，未来找工作会非常麻烦。"

"浙江商人靠给人钉皮鞋、修皮鞋，靠卖五金等小产品照样能发家致富。他们都上过大学？他们可不是李嘉诚、包玉刚那个年代的人了吧。"

看来儿子课外书没有白读，知道的人和事不少，要说服他需要动动脑筋。

"你说得没错，浙江商人靠着小商品赚了很多钱，但你看到没有，这些没文化的商人，有了钱后，仍在督促孩子读书。为什么？说明他们意识到有文化能让他们的事业更上一层楼。"

孩子听了后，不再作声，显然没找到反驳我的理由。

"对于普通家庭的孩子来说，更应该上大学。不上大学，更找不到工作。你看房××和路××，他们现在就有着天壤之别。他们都没上过大学，但你看看房××，进了国企。而路××，只能在街边摆小摊了。出身不同啊。我没能给你好的出身，所以就要靠你自己好好努力了。"

为了彻底说服他，我继续说："你看过《动物世界》非洲牛羚过河没有？"

"看过。"

"牛羚过河其实和高考过独木桥一样的，为了生存，牛羚明知道河里有鳄鱼，也要过去。过去了，就是青青的草原在等待着它们。高考虽然不像牛羚过河那样惨烈，但它能决定你的前程。你现在不要多想，就想着怎么考进宝鸡中学，考上了宝鸡中学，上大学就有把握了。当然，你也可以不努力，毕业后出来当个工人，或者在街边摆个摊子，但起点比考上大学的低多了。刚才我跟你说的那个房××，虽然进了国企，但他只能像我一样，做一辈子工人，最多做个车间主任，再向上是不大可能的，领导都有学历要求。"

"我知道了。"孩子讷讷地说道。看来，这一次算是被我彻底说服了。

其实我们关于这个问题有过好多次"交锋"，前几次我都没能说服他，主要是我能力不够，理论储备不充分，为了能在这个辩题上说服他，我查了很多资料，甚至去市图书馆查过相关资料。经过一年多的准备，这一次终于让他心服口服了。

从孩子初三的表现来看，我们这次的谈话效果还是不错的。这也提醒我们，现在的孩子成熟得早，越来越不好说服，只有努力充实自己，才能在跟孩子的"交锋"中让他心服口服。

跟孩子斗智斗勇

宝鸡中学是宝鸡市最好的高中，只要考上了宝鸡中学，上大学基本上就有了保证。宝鸡中学每年在宝鸡地区11个县区招收差不多11个班，每班64个学生，也就是600多学生。招生分两种形式，一种是平价生360名，市区招180名，其中两个区每个区90名，县里招生180名，其余都是要掏钱的。儿子的学习成绩虽然不错，但不敢保证就能考上宝鸡中学的平价生。从他上初三开始，我们就要求他好好努力，不要松懈。

初三上半年，孩子的学习状态很好，基本上都能学习到晚上9点多，周末也不休息。努力带来了丰厚的回报，孩子期末考试成绩全校排名靠前。

他小姨说，虽然张智考试成绩不错，但需要全市统考再看一下排名咋样，如果在全市排名靠前，考上宝鸡中学问题就不大。我们的心惴惴的，不敢有丝毫的松懈。

初三下学期，全市统考的成绩出来了，张智班上第5名，学校排名第12，根据以往的成绩，张智进宝鸡中学没有问题。儿子很高兴，我们也很高兴。不过，我们还是不放心，要是其他学校学生成绩出色，张智现在的成绩就没有稳进宝鸡中学的把握了。于是，我让他小姨到市教育局查查看，儿子全市排名多少。

他小姨在教育局查了一下，儿子的成绩在渭滨区考生中排名第56，这样的成绩中考发挥正常的话上宝鸡中学是没有问题的，为了让儿子不松懈，我"欺骗"儿子："张智，你知道你统考成绩在渭滨区排名多少？"

"我问过老师，老师说不知道。"儿子回答。

"我问过了是第86名。"

"你问谁了？"儿子不相信我会知道。

"让你小姨问的，她托人在教育局查的，不会有错，你这个排名可不怎么样，一不留神就会被挤出前90名的。所以还要加把劲，努力一下，争取中考时考得比现在好才行。"

"我们老师说按以前的成绩，我这个成绩上宝鸡中学没有问题的，今年怎么会是这样，不大可能吧？"儿子有点怀疑。

"现在情况变了，每一个学校的学生都在努力，每一个家长都在督促，说不定别的学校今年就是比长岭中学考得好，可不敢掉以轻心。我给你说好了，一定要考上平价生，要是高价生我可不出钱，那你只能在长岭上高中了。"妻子听见我和儿子的对话在偷偷地笑。

"这个我知道，我会努力的。如果考上宝鸡中学了，你们怎么奖励我？"

"不是如果，也没有如果，是必须考上，要有这个信心和决心，爸妈相信你有这个能力。考上了你出门旅游，地点你自己选，怎么样，条件还可以吧？"

"行，旅游看来是没有问题了。"儿子嘴里说得轻松，其实我看他心里一点也不轻松。可能是被我的谎话给吓住了，他每天放学回来看电视的时间明显减少了，有时间就在他的小屋复习。

时间过得真快，一转眼过了两周时间，这天放学回来，儿子一进门，书包都没有放下，一屁股坐在了沙发上，开口就说："爸，你欺骗了我！"

"什么，我欺骗了你，这话从何说起？"我一脸的疑惑，真不知道儿子说的欺骗是什么意思。

"今天我同学李××告诉我，她的统考成绩在渭滨区排第72名，我比她高五分，怎么比她的排名低？"

"可能是她说错了。"我漫不经心地回答着。

"不可能，李××是她爸托熟人在渭滨区教育局查的，她说绝对不会错，人家看了好几遍。"

"你想那么多考生，会不会有重名的？再说同一个分数也可能有好几个人呢。"我在狡辩。

"这不可能，她爸就怕有重名又查了考号，考号是不会错的。"儿子死咬住不放。

"要想人不知，除非己莫为，哈哈，露馅了。"妻子在厨房听到了儿子的话，取笑我。

"你爸是骗了你，你的成绩是第56名，爸为了鼓励你，有意说得差了一点，这都是为你好，怕你骄傲自满。"事到如今，也只能实话实说了。

"你的一句谎话不要紧，你知道让我少看了多少场足球比赛。"儿子埋怨我。

快中考了，赶上了足球世界杯，儿子是个足球迷，每天都要看球赛。我骗了他后，这两周他没有看一个全场，只在吃饭的时候看一下。

这下好了，骗局被揭穿了，儿子一脸的轻松，学习没有前几天认真了。人是不能放松下来的，一旦放松下来再鼓起劲来就不容易了。面对这种情况我不好说什么，我欺骗儿子在先，让妻子说吧又不大管用，那该怎么办呢？想了两天才想了一个方法。下班后我在电视屏幕上贴了一张纸，上面写了一首打油诗：

世界杯四年一次，精彩无比空欢喜。

考高中一生一回，枯燥无味定前程。

放学了儿子和往日一样，高高兴兴地进了门，书包扔在沙发上，第一件事就是开电视机。一看电视机上的打油诗，儿子愣了一下，看了两遍，什么也没说。只见他眉头紧皱，脸色凝重，两只手握得紧紧的，给人一种要打架的感觉。

妻子从厨房的门缝里不时地张望，怕我和儿子争吵起来，在这种情况下争吵起来，我动手打儿子的可能性极大。家中的空气好像凝固起来了，静得可怕。

过了一会儿，儿子紧握的双手慢慢松开了，紧锁的眉头有一点舒展，脸还是那么严肃，侧过脸看了我一眼，眼神里带着不服气。他走过去伸出双手慢慢取下打油诗，一句话也没说，迈着沉重的步伐走进了房间。

"爸，你进来一下。"沉闷的空气被儿子打破了，听口气并没有我想的那么坏，起码不会吵起来。

"好。"我快步走进了儿子的房间。

"你看贴在这里合适不？"儿子指着墙上的打油诗问我。

"合适，合适。"我一看儿子把我写的打油诗用胶水端端正正地贴在了写字台的正面墙上。我明白儿子已经理解了父母的良苦用心，才这么做的。

"爸，你看这样行不，足球比赛我不看，你看了比赛结果告诉我可以吗？"

"不行，你知道我不喜欢看足球，再说我在客厅看电视也影响你学习，足球赛什么时间都可以看，但中考不一样，对你来说就这一次，一个人一生中有几个一次？现在不拼搏什么时候拼搏？"我没有答应儿子的要求。

"那好吧。"儿子显得有点无奈。

"走，该吃饭了，中午的电视还是要看的，体育频道会播送比赛结果的。"我拍着儿子的肩膀说。

"爸，那首打油诗是你写的，还是别人给你写的？"坐在沙发上儿子问我。

"我写的，怎么，写得有问题吗？"我不解地问儿子。

"不是，写得不错，看来你是下了点功夫。"不知儿子是夸我还是讽刺我，不论怎样没有吵起来就是胜利。

"这也是我想了好几天才想出来的办法，你最近有点放松，我说你，怕你有情绪，不说又不行，就想到了这个办法。"

"要是我今天不同意你的做法，你会打我吗？"儿子一边看电视一边问。

"你说呢？"

"我看你是要动手的。"儿子说。

"你怎么看出来的？"

"我看见你额头上的血管都暴起来了，脸色也变啦，还握着拳头。"

"那看来你不是自愿的，是被武力吓倒的。"

"不是，我想你们也是为了我好。"

一切为了中考，中考就是一切。中考的时间终于到了，我们要送儿子去学校，儿子不让，他要自己去。我们站在阳台上，目送他远去的身影。一切将在这段时间见分晓。

兑现承诺，磨炼孩子的意志

中考成绩出来了，儿子考了521分，宝鸡中学录取分数线494分，儿子高出录取分数线27分。当初答应的条件是考上宝鸡中学，作为奖励去旅游，地点儿子选了北京，我又加了一句带儿子上华山，儿子记下了。

儿子去北京旅游了，观看了天安门广场的升国旗仪式。去了故宫。长城的雄伟让儿子赞叹不已，圆明园的残墙与断壁让儿子叹息不已。清华、北大是学子旅游的必到之地，那是儿子向往的地方。儿子回来后的第一句话就是："我将来一定要上清华大学。"

"好啊，爸妈坚决支持。"这样的理想不正是千万家长所想的吗？现在儿子亲口说出来，我们感到惊喜。

"还有呢？"妻子问儿子。

"还有，那就是上清华可以赶上奥运会，到时可以当志愿者。"儿子旅游了一趟，想法多了不少，"爸，我们什么时候上华山？"

"上华山，我看算了吧，先休息几天再说。"妻子不同意。

"不行，我爸说好了的，考上宝鸡中学上华山的，不能说话不算话。"

"谁说话不算话了？儿子你放心，过几天我们就去，那可是要受苦的，不像去北京那么轻松。"

"不怕，反正得去。"

"行，这个星期我们就出发。"

"下星期不行吗？让儿子休息几天。"妻子关心儿子的身体。

"爸，我不累，这个星期就走。"

"行，走就走。"就这样我们定下了上华山的时间。

其实上华山是我早就盘算好了的，就怕儿子不去。现在的孩子太娇惯，没有兄弟姐妹，缺少锻炼，我想利用上华山的机会让儿子锻炼一下，现在机会来了，我当然高兴。"不过，儿子我跟你说清楚，我们上华山是走上去，走下来，不能坐缆车，如果要坐缆车的话，我不去。"

"不坐缆车就不坐，你能走下来，我也能走下来。"儿子回答得挺有信心。

"不一定，你知道我这几个月都在跑步，就是为上华山做准备的。"

"我不信我走不下来。"儿子说得相当自信。

西岳华山坐落在陕西省华阴市境内，以险峻著称，五岳之中属华山最险，上过华山的人无不为它的险峻而折服，为它的壮观而惊叹。我和儿子一路赶来，儿子心情激动，好像还没有完全从北京旅游的欢乐中醒过来。晚上十点多我们父子来到了华山山门，找了一家餐厅用餐。儿子非要吃羊肉泡馍，我跟儿子说出门在外最好吃今天刚做的饭菜。羊肉泡馍是陕西的特产，汤味浓，肉味鲜，泡上专用的小麦面做的馍，吃起来爽口，耐饥饿。但我怕羊肉是隔天的，吃了会拉肚子，坚持吃面食，也就是扯面。扯面必须是当天做，面和好后几小时不做会发起来的，发起来了就做不成扯面了，夏天吃开水煮的扯面比较安全。儿子听了我的话，也就和我一起吃了一碗扯面。

十点半我们父子开始上山了，过了"五龙桥"，到了售票处，买票的人排着长龙，个个精神抖擞，整装待发，有四五十岁的壮年，有两鬓白发的老者，也有二十几岁的青年，更多的是一家三口。和一群嘻嘻哈哈的中学女生相比，儿子简直就是羊群中的骆驼，没有理由不信他走不下来。

手电筒在羊肠小道上蜿蜒而上，天上的星星不停地眨眼闪烁，欢迎着这支爬山的队伍。路边小溪哗啦啦的流水声，仿佛在为爬山的人们加油歌唱："来吧，来吧，华山欢迎你。上吧，上吧，勇士们来看看华山美丽的风光。"一路上有人在高歌，有人在大声呐喊，高歌和呐喊在山谷中回荡。我们父子夹在人群中，随着手电筒照耀的长龙向华山的深处挺进。一路走来，儿子问这问那，为什么有这么多人晚上上山，不在白天上山……我给儿子一一做了回答。晚上上山的好处是，不被太阳晒，比较凉爽。华山的道路太险，有的人白天看到这么险峻不敢上去，晚上看不见。虽然有手电筒照着，但也看不多远，心中没有恐惧感。从华山山门到"莎萝坪"，这段路程比较平坦，走得也轻松。过了"莎萝坪"，上山的路开始陡峭了起来，为了节省体力，话说得少了，步伐也慢了，衣服被汗水打湿了，儿子开始要求歇一歇了："爸，我们歇一会吧？"

"累吗？"

"有点累，还有多远？"儿子一边擦汗，一边要求我休息。

"还没有开始上山。"我回答着儿子，"好，休息一下。"说真的，我也有点累了，用手电筒一照儿子的脸，汗流满面。汗水顺脊背而下，湿透了衣裳，背包的背带上已出现了汗水被风吹干后留下的印记：

"儿子怎么样？有点感觉没有？"

"什么感觉？"儿子不解地问。

"上山的辛苦。"

"有点，不过还行。"

"好，我们出发。"

"还没有休息几分钟就要出发？"

"不能休息太长时间，时间长了，衣服上的汗水被风吹干了会感冒的，而且也就不想走了。"

"好，那我们走。"

"从现在开始，每到一个休息点，我们就休息几分钟，喝点水，到了回心石上面我们加水。"我们父子俩就这样一路走到了"青柯坪"休息点。这是上山前的最后一段平路，说是平路其实也是陡峭无比，不过比起后面的路来说算是平路了。在这里我们检查了背包、食品、饮用水，饮用水不够，准备加水了，带的食品才吃了一点，足够了。休息点上人们都在为开始真正意义上的爬山做准备。一切就绪，我们又出发了，没走多远到了加水点，我去加了水。儿子以为是休息点上卖的水，没有想到我加的是山水。

"爸，这水能喝吗？"儿子表示怀疑。

"能喝，而且好喝，这是真正的矿泉水。"我一边灌水一边跟儿子说。

"能喝为什么别人都在买水，不来这里加水？"刚才在休息点上买水的人特别多，我没有买，不是不想掏钱，而是要让儿子感受一下生活，当然现在真正的锻炼还未开始。

"他们不知道这里有水，爸爸来过一次，所以知道不用买。"我欺骗儿子。

"明白了，不过水卖得也太贵了，比山下贵了好几倍。"儿子感叹道。

"不贵，水都是挑夫背上来的，这里贵，等会儿上了西峰那才叫贵呢。"

"爸，什么是挑夫？"

"挑夫就是给山上背东西的，等会儿我们会碰上的，碰上了你就知道了。现在我们出发，你走前面，我走后面。"

"为什么我走前面，你走后面？"儿子不解地问。

"这是为你的安全着想，你走前面万一滑倒，爸爸在后面可以扶你一把，明天下山的时候，我走前面你走后面。"我跟儿子解释着。

上路了，儿子说他的背包轻了许多，我跟儿子说是刚才休息的时间长了，身体轻松了。其实刚才灌水的时候，我把儿子背包里的水和吃的放在了我的包里。

"千尺幢"到了，儿子走在前面，我告诉他手要抓紧铁索链，一个台阶、一个台阶往上爬，不能往后看。上华山的人太多，"千尺幢"人挤得满满的，走一会就得歇一会，不时有人下山来，那是白天上去的。自古华山一条道，别说让路了，就是一个人走台阶路都显得不够宽，每到有人下山要让路的时候我都紧紧地跟在儿子身后，以防万一。终于爬出了"千尺幢"，来到了"百尺峡"，儿子擦了擦汗水："爸，太累了。"

"其实我们来上山就是找累受的，要的就是这个累的感觉。"

"还有比这更难爬的没有？"

"当然有，既然来了，就要有信心。"

"当然有信心。"儿子说话时也是气喘吁吁的。

"有信心就好，我们走。"

过了"百尺峡"，我们来到了"聚仙观"休息点。不一会儿我看见了我要见的人，一个挑夫背了一个煤气罐，满头大汗地从 "百尺峡"走上来。上面是"老君梨沟"，路不好走，挑夫一定会在这里休息。不出我所料，挑夫在我们休息的不远处停了下来，左顾右盼在找合适的歇脚地。因为上山的人多，都是刚从"百尺峡"上来，所有的歇脚处人都是满满的，我赶快把背包挪开，给挑夫让了一个空位："这里有地方。"

挑夫很客气地说了声"谢谢"，很吃力地把背上的货物放了下来。从外形看，挑夫的年龄好像比我大，脸和胳膊黝黑黝黑的，在月光下给人一种健壮结实的感觉。

挑夫长长地吸了口气，取下腰间的军用水壶喝了几口水，挂好军用水壶后，神情悠然地掏出了打火机，是要抽烟了，机会来了。我赶快从包里取出了一包香烟，向前一步很客气地说："老哥，借个火。"

挑夫给了我打火机，我点了烟，抽了一口，把打火机还给了挑夫。我从来不抽烟，儿子看了我的举动眼都直了，不知说什么好。

"爸，你……"儿子很惊讶。

"没事，爸有事问人家。"没等儿子把话说出口，我就把他堵了回去。

"你们是父子上山？"挑夫问。

"是，我们是父子上山。"

"为什么不坐缆车，来受这份罪？"

"要是坐缆车上山就看不见'千尺幢'和'百尺峡'了，那就失去了上华山的意义。"我给挑夫解释。

"说的也是，不过就是太累。"

"你们每天挑东西上山，不也很累吗？"我把话题引入我要讨论的内容中。

"我和你们不能比，你们是城里人，来这里是为了看风景，我们是为了养家糊口。"挑夫跟我说，儿子不知道我的用意，坐在一边听着，不时地看看我，眼神里流露出疑惑。

我拿的是猴王香烟，挑夫是不会买这种香烟的，我给挑夫递了一根，挑夫不要。

"我这里有。"

"你看我都拿出来了，抽一根怕啥。"我客气地说。

挑夫接过香烟，放在鼻子上闻了闻，脸上的表情告诉我很满意。挑夫很悠然地点燃了香烟，每次吸一口都很用劲，没有几下，一根香烟就抽完了，我赶快又给他递了一根，挑夫不要。

"没事，在这里碰见你，也算我们有缘，你看我有点上火，一根都抽不完。"说着我干咳了几声，装出上火的样子。

"你这样的好人不多。"挑夫恭维我。

"你挑的东西我看有七八十斤吧。"

"你的眼力真准，刚好七十斤。"挑夫回答。

"挑到西峰给多少钱？"

"100斤30元。"

"这么少？要到西峰的呀！"连我都感到太少了，"一天能挑几趟？"

"一天一趟，晚上9点从山下走，到明天7点多到。"

"路上吃喝呢？"

"自己管。"

"那还能落下几个钱？"我很关心地问。

"我和你们不一样，我们喝不起矿泉水，走时带上一壶凉开水，到青柯坪刚好喝完，那里有从山上流下来的水，加满水就可以喝到西峰，到了西峰再加水，我们加水不收钱。"

"干这活太累了，也挣不了多少钱，你为什么不去城里打工？没有这么累，比这还挣钱多。"

"不瞒你说，城里我去过，说是挣得多，花得也多，我又没有技术，干体力活也给不了多少，一个月下来除了必要开销，还没有我干挑夫挣得多。"

"不过干挑夫太累了，走山路可要小心。"我关心地说。

"没事，走惯了也不觉得有多累。"挑夫说时还是挺高兴的，看得出来他对这份工作比较满意。

"我要走了，不能歇的时间太长，你们歇一歇也该走了，路还长着呢。"

"你先走，我们过一会儿追你。"说话时我想起了我带来的香烟，还有十七根呢，我又不抽，送给挑夫算了，"对了，这包烟你拿上，我上火了不能抽。"

"这个我不能要。"挑夫不收。

"老哥你不要，我又不能抽，明天下山时恐怕就揉成烟末了，还不如你抽了，变成烟末多可惜。"

"好，要是这样那我就拿上了。不过山上不让抽烟，抽烟要注意安全，烟头一定要掐灭。"就这样我目送挑夫走了，看着他背负着沉重的东西艰难地爬在华山的台阶上。

挑夫走了，儿子好像明白了我的用意："爸，你这是有意做给我看的？"儿子问我。

"你说呢？"我没有直接回答儿子。

"他们一天只能挣21块钱？这么少呀！"儿子一脸的疑惑。

"你刚才不是听见了，就是那么少。"

"我们才背了这么一点东西，就累得上气不接下气，挑夫背那么多有多累？"儿子也感到挑夫太累了。

"没有办法，人就是这样，到什么地步说什么话，社会上干什么的都有，虽然社会没有把人分等级，但是一个人的学历、技术，你所处的环境，无形中造成了很多差异。就像你们中考一样，宝鸡中学就是省重点中学，重点中学里面还有重点班。"

"是这样的，在学校学习好的人受人尊重，老师也喜欢，家长也高兴，自我感觉也不错，学习不好的老师都不愿搭理，还经常挨批。"

"是啊，人都不容易，为了能够出人头地，每个人都在努力着，不过用的方法不同而已。刚才的挑夫就是想着每天能背几十斤东西上山，你呢就是要好好学习，拿出一个好的成绩。"

"这个我知道，爸，你给我分一点东西，刚才我一看包，就只有一件衣服和两瓶矿泉水了，难怪轻了。"儿子有点不好意思。

"不用，只要你能上去就行了。"我跟儿子说，"我们也'充充电'，吃饱喝好，打起精神继续上山。"

"这水怎么这么难喝？味道怪怪的。"我有意给儿子一瓶刚才在"青柯坪"灌的山水。

"这就是刚才灌的山水，有一股松胶味。"

"是，挑夫们每天喝的就是这个水？"

"你喝一口就行了，体验一下挑夫们的生活，还有四瓶矿泉水，那是给你留的，不够了可以买，灌的山水是给我喝的。"

"那不行，要喝一块喝，灌的山水一人一半，明天还在那里灌水吗？"

"你说呢？"

"那就灌吧。"儿子在这里受到了从没有过的教育，我带他上华山的目的达到了。

走过北峰，穿过"擦耳崖"，一条星星点点组成的长龙舞动在远处的山上，儿子不解地问："爸，你看那是什么？"

"是'苍龙岭'的手电筒光。"

"苍龙岭，那么高？"

"那还不是最高处。"

"还不是最高处？最高处离我们这儿有多远？"

"大概还有两个半小时的路程。"

"这么远，能爬上去吗？"儿子有点怀疑了。

"没有问题，一定能上去，不要想有多远，只要有信念，就一定能上去。"我们一边走一边说，"好啦，前面就是'天梯'了，我们休息一会。"

"天梯"到了，一个几乎成九十度的山崖挡在了前面，高有十多米，和前面爬过的道路不同，"千尺幢"和"百尺峡"是在岩石的中间开了一条路，只要你不向身后看，没有什么可怕的。天梯不一样，两边光秃秃的，在直立的山崖上凿出的台阶，没有护栏，两边只有铁索链，人们上去只能抓住铁索链，脚踩台阶，抬头望天空。我们在这里休息的时间比较长，是想让儿子恢复一下体力，做好思想准备，也补充一下能量。

看看时间才三点钟，五点半爬到"引凤亭"没有问题，没有必要走得太急。俗话说上山容易，下山难，明天的道路更难走，也不知道儿子能否坚持下来。看看"苍龙岭"的手电筒光，听听耳边呼啸的山风，不由得打起了冷战，休息的时间长了，身上的热气被山风吹走了，汗水打湿的衣服贴在身上，很冷。

"爸，我们走吧，要不太冷了。"儿子催我了。

"好，我们走，你累不累？"

"累还可以坚持，刚才就是有点瞌睡，现在被风一吹，好像又不瞌睡了。"

"不敢犯瞌睡，上天梯的时候侧一点身体，这样脚可以多踩一点台阶，不要说话，也不要向下看，抬头看天，确认每一步都踩实了。手一定要抓紧铁索链，万一脚踩空了，不能慌，记住爸爸就在你的身后，不会有事的。"

"知道。"说话时儿子已走到了天梯面前，爬了几步我看还不错，就放心了。

真是"莫道君行早，更有早行人"，才凌晨5点，到"引凤亭"来观日出的人群已挤满了整个观日台，黑压压的一片，有坐的，有半睡的，只有靠后一点的地方才有一点点空地。我看看儿子，儿子看看我，我们都笑了。来晚了，不过天气相当晴朗，是看日出的好天气。离日出还有差不多一个小时，我给儿子的手心倒了一点水，让他洗一把脸。

"爸，脸有点痛，像针扎一样的。"

"没事，那是汗水里的盐粒结晶蚀的，不要用劲，再洗一下就好了。"

又洗了两次，儿子的脸不痛了："爸，这些道理你怎么也懂？"

"有的是书上看的，有的是从实践中得出来的，时间长了就知道了。现在离日出还有一会儿，我们在空地上休息一会儿。"

"坐在地上眯上一会儿，这么多人怎么看日出？"

"到时有办法，现在人们都坐在地上，等到日出时都站了起来，地方就大了，那时我们想办法挤到前面去。"

我和儿子穿上衣服背靠背坐在地上，出生以来儿子第一次吃这样的苦头，也确实是累了，没过几分钟儿子就睡着了。看日出的人群还在不断地向这里涌来。有的来了，看见人多又走了。

等待的时间是漫长的，清晨的凉风吹得呼呼响，摇摆中的松树枝仿佛在向等待看日出的人们招手，东边的天际由深蓝色慢慢变成了微黄色，像一条美丽的彩带挂在天边，等待看日出的人们开始骚动了，不少人站了起来。

"张智快起来。"

"太阳出来了？"睡得很香的儿子被我叫醒了，他的第一反应以为太阳出来了。

"没有，我看快了。"人太多了，我嘱咐儿子，"这样吧，你的个子高，站在后面可以看见日出，爸要拍日出，站在这里看不见，也拍不全。记住了，看完日出，不要走，在这等我。"

"记住了。"儿子回答。

我背上背包，拿着相机从人们站起来的空当处向前面挤去，天边彩带在变化着，下面是棕红色，中间是血红色，上面是微红色。"出来了，出来了。"不知是谁喊了一声，没有醒来的人们一下子全都站了起来，举目眺望远处的天际。

我看了一下时间，六点零三分。人群欢腾了，所有的照相机都对准了初升的太阳，快门不停地在响，犹如交响乐一般。

不让孩子找借口，让他接受磨炼

新的一天开始了。微风伴随着旭日，松涛拍去了疲倦，我和儿子爬上"云梯"，来到了东峰顶。举目远望，华山尽收眼底。"会当凌绝顶，一览众山小。"杜甫形容泰山的句子放在这里也很贴切。儿子和我站在东峰顶上，欣赏着美景。

"风景不错吧？"我问儿子。

"不错，要不然怎么会有这么多人来看？"儿子也是一脸的喜悦，这是儿子第一次见到这样的美景，能不高兴吗？

"我们顺着东峰走过去，看一下'下棋亭'，'鹞子翻身'太危险，我们不去了，然后去'长空栈道'，再去南峰，最后到达西峰，你看行吗？"

"你说怎么走就怎么走。"儿子一切听我的。

我们一路游玩着，一路按刚才我说的路线前行。"长空栈道"下面就是一眼看不到底的深渊，万丈绝壁直插云天，站在崖边你可以感到古人开路的艰难，朝下一看头晕目眩。

南峰是华山的最高峰，崖边挂满了祝福锁，红色的飘带在山风中猎猎招展。儿子也买了一把祝福锁，刻上了我们一家三口的名字，小心翼翼地挂在崖边的铁链上，面朝南方，闭起双眼，双手一合虔诚地祝福。

西峰巍峨挺拔，左手的崖壁如天神用刀劈出来一般，垂直向下深不见底，抓住铁索链向下望去，会让人魂飞魄散。右手的斜坡上，光秃秃的石缝里，顽强地生长着几百年树龄的参天古松，和万丈绝壁交相辉映，组成了一幅幅美丽的画卷。

要下山了，我们做了休整，儿子说他的右脚痛。儿子脱下球鞋一看，吓了我一跳，脚磨烂了。球鞋在平时穿上大小合适，经过十几个小时的攀登，肿胀的脚被球鞋磨出了两个大水泡。水泡已烂了，又没有药水和胶布什么的，只能让儿子把鞋脱了在空气中吹一吹，还好左脚没事，就是有点肿胀。脚磨烂了山还是要下的，我陪着儿子开始下山了，一路走一路看，一路看一路走。走着走着，北峰到了，儿子不想走了："爸，我们坐缆车下去吧？"

"坚持不住了？"

"我感觉左脚也烂了。"

"脱下球鞋我看看。"脱下球鞋一看，儿子的左脚也磨烂了。

我来华山的目的就是让儿子磨炼意志，如果半途而废，就起不到什么作用，我必须"狠心"让他吃吃苦。

"这样吧，你坐缆车下去，在山门等我，我走下去。"我对儿子说。

"为什么？"

"我没有带那么多钱。"

"不可能。"儿子不信，"爸，你走下去要多长时间？"

"不长，和我们昨晚上来的时间差不多。"

"那不行，我不能一个人坐缆车下去。"

"那你说咋办？"

"这个……"儿子也不知道如何是好。

"《智取华山》这电影你看过吧？"

"看过。"

"当年的解放军就是从这里爬上华山的。"我指着华山的山谷，"你看那山谷垂直七百多米高，没有道路，也没有我们脚下的台阶，全是悬崖绝壁，鸟都不飞，山羊都不走，人民解放军还是在晚上爬上来的。如果没有信心，不要说上了，就是趴在悬崖绝壁上向下看一眼都够吓人的。我们现在的条件多好，上山的台阶路加宽了，而且有铁索链，有的地方还加有铁栏杆，我们没有理由走不下去。"

"好吧，我们走下去。"儿子显得很无奈。

"把包给我。"

"不，我还能坚持。"

就这样我们父子开始下山了。

下山的道路是艰辛的，没走多远，儿子的包就给了我，才到"聚仙观"休息点，儿子的双脚痛得不行了，这里也是我们昨晚碰见挑夫的地方，我告诉儿子再坚持十几分钟，到了"青柯坪"加水的地方，把双脚在山水池里泡一会，疼痛就好多了。

别说还挺灵验的，儿子的脚在山水里泡了一会，疼痛好多了。

"爸，你怎么可以走下来？"儿子问我。

"爸第一次也没有走下来，是在你妈的帮助下走下来的，后来我加强了体育锻炼，身体变强壮了，所以就能走下来了。"

儿子这时终于明白了我和他来华山的原因："爸，你说今后我在生活中碰到困难的时候，会不会想起今天在华山吃的苦？"

"我想会的，那时你想一想在华山是怎么坚持下来的，你就会有信心。"

就这样我们一路走，一路聊，最后终于走出了山门……

走进宝鸡中学

开学了，我们一家来到了向往已久的宝鸡中学。宝鸡中学坐落在宝鸡市北坡塬下，从我家坐公交车到宝鸡中学，需要半个多小时。

来自各县区的学子和家长挤满了校园，人们三五成群地议论着。是啊，能考进宝鸡中学是家长们的荣耀。从十几万考生中脱颖而出，能不骄傲吗？

校园中间的广场上围满了观看的人群，从人群的头顶看过去，发现广场上竖立着一个大喜报。好奇心促使我们也过去观看。啊，原来是今年新生的成绩光荣榜，排名前20的学生上了这个榜单。我们没有指望儿子能上这个榜单，只是想看看到底是谁的孩子上了榜单。

"你看那是不是张智的名字？"妻子首先看见了张智两个字，激动得都有点语无伦次了。

"第19名，是真的。"我也挺高兴的，"不过十几万考生，会不会有同名的？"

"张智，快对一下考号。"妻子对儿子说。

"没错，就是我。"儿子仔细核对了准考证号，确认无误后脸上充满了喜悦。

围观的人群一阵议论，赞扬的声音不绝于耳。

"张智你看一下，你们学校还有谁？"我相信儿子可以进前20名，他们学校一定会有比他好的，他的成绩在学校不算最好的。

儿子仔细看了一遍："有，第9名是我们学校的，第16名也是我们学校的。"

"你确认？"妻子问。

"我确认，她不会重名的。"儿子说得很自信。

我仔细看着光荣榜，第1名537分，第9名530分，第16名523分，张智521分，和第1名差13分，差距不大。

宝鸡中学对前20名学生进行奖励，第1名奖励2000元，第2名到第10名奖励1000元，第11名到20名奖励500元。他们学校有3人进入前20名，围观的人群中有人惊讶地问张智："你是哪所学校的？"

"长岭中学的。"儿子随口回答。

"牛啊，前20名进了3个，是一所好学校。"

这几句对话又引来了人们一阵议论声，在人们的议论和羡慕声中，我们离开了这儿。每个人都喜欢赞美，我们也一样，妻子高兴得喜笑颜开，我也是激情满怀，走起路来都感到轻飘飘的，儿子也掩饰不住欢乐，双眼炯炯有神，稚气的脸蛋上洋溢着笑容。

报过到后，我们对学校的大概情况进行了解，儿子被分到了10班，10班班主任是一个年龄不到30岁的青年教师，而且不是教主科的，我们感到不快，刚才的喜悦一下子冲淡了许多。重点中学，特别是宝鸡中学这样的重点中学，分班是家长们关心的事情，原本我们想进1班，但想进1班的人太多，没有进去。孩子小姨说10班也不错，但这个班主任我们不大放心。

"我们不能挑选任课的老师，老师是学校定的。年龄大的老师教学经验丰富，家里也没有拖累，可能会好一点。但年轻老师也有年轻老师的优势。每一个家长都期盼能有一个好老师，但这不是绝对的，只要老师有责任感就行了。"妻子看出我有点不满意，安慰我说。

"现在说什么都没用了，不过还好，除了班主任外其余的任课老师和1班的一样。"我宽慰自己。

"没事，到了高二要重新分班的，只要努力一把，冲到前面，进了重点班就行了，教重点班的都是宝鸡中学最优秀的老师。"儿子倒会安慰我们。

是的，到了高二，学校根据高一的成绩重新进行排名，高一年级前64名学生会组成一个重点班，到那时，这些顾虑都不会再有了。这样一想，我们的顾虑就打消了。

选最好的高中，是最正确的选择

刚进家门电话就响了，是儿子的小姨打来的，她刚知道儿子中考全市前20名，很高兴，说是给她争了光。随后她说了长岭中学领导的意见，问张智能不能就在长岭中学高中部就读，不去宝鸡中学了？

妻子说自己做不了主，需要征求我和张智的意见。

我接过电话："张智有今天的成绩，离不开你这个小姨的关心和培养，也感谢张智的老师，但留在长岭中学读高中，我不赞成。人往高处走，水往低处流，上宝鸡中学是张智的理想，也是我们的期望，我们都报到了，现在反悔已经晚了。"

"没有什么不可能，长岭有12个学生考上了宝鸡中学，大部分都去了宝鸡中学，学校的意思是，能不能让张智带个头，宋××答应不去了，还有我们教导处主任的儿子也不去。再说今年高考，长岭中学考得也不错，刘××高考考了670分，宝鸡市第3名，不比宝鸡中学学生差。"

"这个我们知道，这是个特例，我们不敢保证张智也会那样。总体来说，宝鸡中学的教学质量是最好的，长岭中学跟它比要差点。话说回来，即使我同意了，张智也未必同意。你问问张智有什么想法。"我来了个反守为攻。

"我不会在长岭读高中的。"张智斩钉截铁地说道。

"那好吧，我把你们的意见跟校领导汇报下，相信他们能理解的。"

其实去哪所学校读书，关系不大，都是要靠自己。但我为什么要让孩子去宝鸡中学，而不是留在长岭中学呢？

其一，考进宝鸡中学的都是成绩优异的学生。好学生聚在一起，学风肯定会很好。好学校跟差学校根本差别在于学风。学风坏了，学生还怎么学习呢？跟优秀的人在一起，自己也会变得优秀起来。

其二，跟校友资源有关。宝鸡中学每年考入好大学的人数是长岭中学的好几倍，能力强的校友比长岭中学多，这对张智来说是一笔宝贵的财富。现在孩子在美国工作，虽然靠的是自己的能力，但如果不是中国科大校友帮忙，能力再强，找工作也会有波折。我认识一个北大毕业生，本来在某个地级市一个政府部门上班，他嫌工作枯燥乏味，想辞职，但家人不同意。无奈之下，他把自己想辞职的想法通过QQ群告诉了校友，校友马上给他介绍了一份理想的工作，他辞职家人也不阻拦了。找了份更好的工作，家人为什么要阻拦？如果换成一般大学的毕业生，有了这么好的工作，他愿意辞职吗，敢辞职吗？

其三，老师更好点。不可否认，长岭中学有一些很优秀的教师，但宝鸡中学优秀老师更多。有更多好老师的学校，我们为什么不选择呢？

其四，张智不在长岭上高中，不是看不起长岭中学，而是在长岭中学张智已经算很优秀的了。如果想提高的话，需要找更好的对手进行较量。显然，宝鸡中学优秀对手更多。

迎来当头一棒

开学两个星期了，也不知道儿子适不适应。这天晚上，儿子一进门就把书包扔在沙发上，气呼呼的，打开电视不停地换台。一看这种情况我问道："有什么事你说，不能拿电视出气。"

"唉，真没劲。"

"到底是什么事？你说出来听听，说不定我们能帮上忙。"

妻子端上了饭菜，儿子不想吃，不知道在想什么。"来，先吃饭，有什么事吃了饭再说。"妻子也劝儿子。

"一点胃口都没有，不想吃。"儿子说话没有前几天那股子自豪劲儿了，如斗败的公鸡一样有气无力。

"到底发生了什么事，你说出来我们才能替你分忧。"妻子有点着急。

"是我自己的事，说了你们也解决不了。"

"没有说怎么知道我们解决不了，再说如果我们解决不了，还可以让你小姨帮忙。"我以为儿子在学校碰见了什么难事。

"谁都解决不了，只能我自己解决，都怪我自己。"儿子在埋怨自己。想起来了，上周学校进行了摸底考试，现在分出来了，肯定是考试的事。

"是不是摸底考试成绩出了问题？"

"是的。"儿子回答。

"有多差？"妻子焦急地问。

"反正不好。"

"我敢保证出不了100名。"我给儿子打气，其实我也不知道怎么样。

"爸，你猜得真准，第90名。"儿子终于说出了实情。

"我以为是什么事，看把你愁的，有这个必要吗？"我不以为然地说。

"当然有啦，这样的成绩让老师和同学怎么看我，一下子倒退了70名，我现在是副班长，这样的成绩如何去领导其他同学。"这才是儿子担心的事。

"学习是一个渐进的过程，在漫长的学习过程中会有起有落，不能涨了就高兴，落了就生气。你假期玩的时间多，基本上没看书，对这次考试没有重视，是造成这次成绩下降的主要原因。"妻子很严肃地说道，"现在是什么年代，是一个人人都在奔跑的年代，一不留神就会被人抛在身后，这次成绩不好你爸也有责任，不能全怪你。这一次考试成绩差，就影响你这个副班长的威信啦？不至于，接下来好好努力，一定会在同学中重新树立威信。"

"我有什么责任，不就是带儿子上了趟华山，这对他是一个锻炼，我认为比他多考十几分还有收获。"我看了一眼妻子，表示不满，"张智，这次成绩影响不影响高二的分班？"

"不影响，老师说只是进校的摸底考试。"儿子回答。

"那就不怕，你妈说得也对，暑假你玩得多，爸相信你的实力，以后只要抓紧学习，一定不会落后的，对这次的成绩不要想得太多，期中考试赶上就行了。"

"怕倒是不怕，就是感到脸上不光彩，要是在30名以内还说得过去，这个成绩实在有点丢人。"

"谁都有失误的时候，只要找到原因，及时纠正，我想会赶上的。不过你以后还是少打游戏，在学习上多用功，现在的宝鸡中学不是长岭中学，来的都是学习好的学生，要想上清华北大，第一步就必须进重点班，第二步就是在重点班排名前10，如果能把这两步走好，考清华北大就稳了。"妻子开导儿子。

"你说的这两点我会做到，我就是对这次成绩不满意，前10名中我们班就有4个，你让我怎么领导他们？"

嘿嘿，他还在为面子问题苦恼不已。"离期中考试没多长时间了，你考好了，不就有威信能领导他们了吗？"我劝他。

"好啦，不说成绩的事了，我们开饭，学习的事我和你爸也帮不上你的忙，一切都靠你自己努力了，以后多和学习成绩好的同学交流，看看他们在学习上有什么好的方法可以借鉴。"妻子提醒儿子。

这次当头一棒来得正是时候，此后一段时间，儿子学习自觉性更高了，就看期中考试成绩怎么样了。

不给孩子添乱，让孩子自己选择

儿子的学习目标很明确，高二进重点班前10名。我们知道这是一件不容易的事，这次摸底考试我们能感到儿子的压力。这次儿子成绩不好，让我跟他妈思虑重重。有一天，他妈很神秘地告诉我，他找到了让张智成绩突飞猛进的方法。我当然感兴趣。

妻子说，孩子已经上高中，没有能力辅导了，只能借助外力，帮张智辅导学习。"北京四中网校是很不错的选择，武××他儿子当年成绩在宝鸡中学只是中等，经过四中网校的一对一辅导，考上了北大。既然我们没这个能力帮助张智，要不要试试这个网校？"妻子征求我的意见。只要对儿子学习有好处的，我肯定不会反对。

我们慕名来到了北京四中网校宝鸡教学点，认真看了北京四中网校的介绍，对北京四中的升学率和教育方法无不佩服。

接待人员的热情介绍，更是打动了我们，我们有一种不报名儿子就没有前途的想法。不过，虽然我们倾心于北京四中网校，但需要征求儿子的意见。儿子大了，我们不能再替他做主了。

回家和儿子商量，儿子看了教学大纲和时间安排，表示不同意。

"一年多少学费？"儿子问。

"加上上网费1700元。"妻子回答。

"不行，我的时间安排不过来，回家都快八点了，我还要看一会儿电视，根本没有时间上网学习，这是一种浪费，我不同意。"

"钱不是问题，主要是能得到名校老师的指导，这样比你自己学习效果好得多。"妻子跟儿子解释。

"这我知道，再好的学校、老师也代替不了自己，你不想学了，就是把教授给你请来也学不好。"儿子的回答很有道理，看来是真的大了，我们左右不了了。

"那遇到难题怎么办？"妻子还在坚持。

"遇到难题我会找同学商量的，不行还有老师呢，我们的老师还是相当不错的。"

"我看算啦，儿子不同意那就听他的，如果期中考试成绩不理想的话，再上也来得及，张智你看行不？"

"可以。"儿子回答得比较肯定，"爸，明天你有时间吗？"

"有时间，什么事？"

"英语老师要求我们利用高一、高二的空余时间读完《新概念英语》，明天你有时间的话给我买回来。"

"好像是四册，你能读完吗？"我在书店看过，担心儿子看不完。

"你早上走得早，晚上回来得晚，吃饭时再看一会儿电视，都差不多快九点了，有时间学《新概念英语》吗？"妻子关心地问。

"没有时间也得挤时间，老师说他们去西安考察，西工大附中、西交大附中、师大附中对学生就是这样要求的，那些书上好的文章都要背下来，我们和他们相比差得太远，所以要求我们也这样做，但老师说不强求。既然每年西工大附中、西交大附中考上清华北大的人数很多，说明学《新概念英语》还是有好处的。"看来儿子想学《新概念英语》，"对了，第一册不用买，买后面三册就可以了。"

"要买就买一套，你是晚上在家学还是在学校学？这样会不会影响你的正常学习？"妻子说。女人就是细心，想得比我周到。

"当然在家里学，每天在学校把作业做完，这样才有时间学《新概念英语》。"

"好啦，明天我去买就是了。"

本来张智的口语能力一般，学了《新概念英语》后，口语能力明显增强了。这为他高考英语取得好成绩打下了良好的基础。

学习既是孩子的事，也是家长的事

有一次去天津出差，和天津的同行聊天。同行告诉我，他家是女孩，上初一，学习抓得特别紧。小学五年级就开始学习《新概念英语》了，老外任教，每天晚上上一个半小时的英语课，星期天上午上口语课，下午上阅读课。他的妻子除了上班就是抓小孩的学习，现在女儿的英语成绩不错，起码达到了六级水平，口语更好，能跟外国人进行正常交流。

他成了家庭妇男，一切家务都由他做。其实妻子比他还忙，因为他女儿上英语课的地方离家远，又不顺路，所以他妻子下了班和女儿在外面吃一点东西，就去上英语课，一家人只有星期天才能在一起吃一顿团圆饭。

像这样敢于付出、善于付出的家长，孩子不成才才怪。

孩子成才，自己努力当然重要，家长搭建平台、营造良好的学习环境、做出表率也重要。

曾经看到过一个故事，夫妻两人生了四个孩子，这四个孩子全都考上了大学，其中两个读了博士，这在20世纪80年代是不可想象的。

他们夫妻俩没文化，为什么他们的孩子能成才呢？这个家庭父亲没有不良嗜好，闲着没事，就待在家里看老皇历，不出去溜达或者跟人聊天。家长不串门、不闲聊，无形中给孩子营造了一个好的学习环境，在这样的环境中，孩子能不自觉学习吗？

受这个故事启发，晚上和周六、周日，没有特别重要的事情，我也不串门、不瞎溜达。儿子每晚学习《新概念英语》，妻子忙家务，空闲时看看书。我坐在大房间里学习设计软件。他能看见我，我能看见他。

我学习一是为了给孩子树立榜样，暗示他：你看你爸这么大年纪了，还在学习，你这么小的年纪，更应该学习。二是工作需要。我是公司产品设计员，设计软件更新速度很快，不及时学习的话，会很快被淘汰掉。一直以来我都用CAD进行产品设计，在和用户交往中发现无法满足用户的要求，于是我只有重新学习新的设计软件，才能跟上社会进步的步伐。

高中三年，孩子在学习，我也在学习，即使设计软件已经掌握了，我也会找别的事情做，比如再学学新的软件等，总之不能让自己"游手好闲"，要给孩子做好表率。

在陪伴孩子读书的过程中，我没玩过游戏，一直都在学习。为什么呢？孩子在学习，家长在玩游戏，你觉得对孩子有好处吗？要求孩子做到的，首先自己要做到，家长是孩子的镜子啊。

你可能没办法给孩子进行课业辅导，但你可以给孩子提供好的学习平台、营造好的环境。现在考试，不仅仅考孩子，同时也在考家长啊。

竞选班长

张智读高二时，宝鸡中学建了新校区，新校区坐落在宝鸡市东高新开发区，离家远了，儿子要去住校了。远离家长的监管，要独立生活了，其实这也是一种锻炼。此外，学校要根据高一时的学习成绩，将排名前64名的另外组建成一个重点班。这个班老师配备得非常好，有人说，孩子进入这个班，基本上一只脚已经进入了名校的门槛。

由于这个班是新组建的班，班干部需要重新选择，儿子想当班长，我们很支持。一方面，可以锻炼他的管理能力，另一方面，可以跟班主任以及任课老师多多接触，有好处。既然我们这样想，别的家长也会这样想，班干部竞争还是很激烈的。

开学后，儿子在学校住了一个星期。一个星期没有见面，妻子最关心的是孩子是不是吃得惯、住得惯，跟同学关系是否融洽。我关心的是儿子竞选班干部的情况和学习情况。

还没等儿子坐稳，我就迫不及待地问道："班干部竞选得如何？"

儿子居然跟我卖起了关子："你猜。"

嘿嘿，几天不见，儿子居然跟我玩起了捉迷藏。

"我不是当事人，哪里知道？"

妻子站在一旁，不满地看着我："孩子刚刚回来，你急什么？待会儿问也不迟嘛。"

儿子看着我猴急的样子，"你想我能输吗？"儿子自豪地说。

"那可说不定，争的人不会少的。"妻子说。

"不怕一万，就怕万一。"我附和着妻子。

儿子看着我们俩"眼巴巴"地看着他，有点"于心不忍"，"当然我胜利了，等一会儿说竞选过程。"

"现在就说，花不了多长时间。"我猴急猴急的。

"让儿子喝口水再说，还说我操闲心，我看你比我还要急。"妻子说我。

"张智你不够意思，结果出来了，也不知道给我们打个电话报个喜，让我们高兴高兴，你没看见把我们愁得都瘦了一圈了吗？"我打趣说。

"你爸这个人有什么事都表现在脸上，就像你奶奶说的，狗肚子装不下二两热油。"妻子拿我母亲经常说我的话来挖苦我。

儿子接过水杯，喝了几口水，开始给我们讲竞选班长的过程了："这次竞选班干部本来没有这么复杂，星期一就能选完的，可是来找的家长太多，很多家长很看重重点班班长这个职位，托人找关系，老师也没有办法。本来不搞竞选，按高一的学习成绩和在学校的表现，由老师指定就行了，可是无法摆平关系，最后还是决定搞竞选，这样老师也好交代，所以竞选推迟了，今天上午才进行，结果出来了没有时间给你们报喜，其实也没什么可报的，反正下午就回来了。再说大中午在走廊打电话说这事显得太没有涵养了，让大家怎么看我，好像多么盼着当班长似的。"

"到底选上了没有？"妻子问。

"选上了，而且有着绝对优势。我是10班副班长，10班不算我来了10个，我又担任了校学生会常务副主席，校学生会有4个在我们班，这就15个了。这15个人必定会选我的。我平时和各班打交道机会比较多，他们都了解我，所以我的票数遥遥领先。"儿子说着，我们夫妻认真听着，一起分享他的成功喜悦。

"真的！"妻子惊呼道，"难怪我这几天老做好梦。"

虽然张智当上了班长，我很高兴，但也有点担心，比如会不会影响学习，我说："这样太累了吧，会不会耽误你的学习，我们是上学的，不是去学管理的，当班干部影响了学业，那就划不来啦。"

"应该不会影响学习的，如果做点管理工作都影响成绩，那说明我的能力很有限。"儿子打趣道。

"那学生会常务副主席呢，是不是也不忙？"妻子这时才回过味来，关心地问儿子。

"当学生会常务副主席还是比较忙的，今年再忙一年，明年高三了，大部分工作就交给高一上来的学生会副主席了。再说学习不好的话，我在班上和学生会也没有威信，学生就是以成绩来说话的，没有一个好的成绩，不要说我没有办法向你们交代，也没有办法向自己交代。"

支持孩子，不仅仅支持他的学业，只要对他的成长有帮助，都要支持。有个同事的孩子，初中时数学成绩不好，问我怎么办，我给他说了几个办法，比如，找数学老师补习；不做难题，把书上的题目都做对、做熟练。还有一个重要的方法，就是找班主任，让他孩子做数学课代表。

同事很疑惑，做课代表有什么作用吗？当然有，既然做了数学课代表了，还能不好好学习数学吗？有了学好数学的决心，还怕学不好数学？何况，做数学课代表，也有利于孩子管理和沟通能力的提升。一举两得，何乐而不为。

成绩下滑

高二第一学期期中考试，儿子成绩很不理想，下滑到了第30名，儿子很不高兴。

"张智，你是不是因为当了重点班班长和学生会常务副主席，有一点骄傲了？"我问儿子。

"没有啊！我从来就没有特别看重这些职务。"儿子回答。

"那是不是学校的杂事太多，影响了你的学习？"妻子问道。

"这倒是有一点，不过也不是太多，一般不会影响上课，就是自习课上得少了一点，有时要开会，要组织一些活动什么的，按理说这不应该影响学习的。"

"别人上自习，你上得少，也就没有时间做作业，这样就无法把当天所学的东西消化了，时间长了肯定对你学习有影响的，你最近的作业完成得怎么样？能不能给我们说一下。"妻子又问。

"说真的，这学期作业完成得是不怎么样，主要是时间不够用，以前在家可以学到晚上一点多，现在不行了，11点学校关灯，无法学习。"儿子回答。

"这就不对了，你以前在家里最多也就是10点钟就不做作业了，其余时间你在看课外书，所以学校11点关灯，不会造成你做不完作业。再说了，以前你要骑车回家，不上晚自习，回到家里还要看一会儿电视。现在有时间上晚自习了，而且没有时间看电视，时间对你来说反而增加了，所以这不是你成绩下滑的理由，你说是不是？"我看着儿子说。

"好像也对。"儿子想了想回答。

"高二了，学习进入了白热化阶段。一个人的时间是有限的，要做到面面俱到是不可能的，如果我们找不到导致成绩下滑的其他原因，那就是班务和校学生会工作影响了你的成绩。要是这样，你以后就少做点这方面的工作，你说是不是？"我继续分析道。

"我认为这不是我成绩下滑的主要原因。"儿子斩钉截铁地说。

"是不是你的课外书看得太多，占用了学习时间，还有就是《新概念英语》用的时间太多？"妻子问。

"好像也不是，我们班很多人都在学《新概念英语》，而且比我学得还好，人家的考试成绩也没有下滑啊。"

"那哪方面出了问题？是不是学习方法不对头？"我问。

"我也在想这个问题，要说看课外书，杨××不比我看得少，还有李××看得也不少，但他们的成绩很不错，可是我，唉。"儿子发出了一声叹息。

"这样吧，这一次成绩下滑不要紧，只要找到原因，问题就好解决。我相信我们家张智不会这样差，最起码班级前10名。"孩子情绪低迷，我不能再说丧气话，要给他打气加油。

"你对张智这样自信？"妻子问。

"我的儿子，我当然了解。小学时，不怎么努力，成绩照样排名靠前。初中时，别人的孩子没日没夜地学习，我家张智就学到晚上9点睡觉，中考前都是这样，照样考上了宝鸡中学，而且是全市第19名。高一成绩排全校第7名。一次能取得好成绩是偶然的，这么多次都能取得好成绩，还能是偶然的？我家张智就有这个实力。这次排名不理想，是一次偶然，只要吸取教训，下一次成绩一定会提高。"

"你说的是事实，但高考是一考定终身，哪怕你从小到大成绩都很出色，要是高考考不好，照样进不了理想的大学。"妻子担心地说。

能不能说点正能量的？我白了一眼妻子。

妻子看了我的眼神，没再说话。

第二天上午，妻子出门买菜了。我跟张智单独聊天。

"我还是认为，你之所以这次成绩下滑，是不够用心造成的。你说呢？"

"我也认为是这个原因。"

"我曾经参加过家长会，你高一班主任告诉我你坐不住，成绩一好你就跑出去玩，成绩不好了，就可以老老实实坐上一段时间。现在你住校了，没人管你了，所以你就放松了对自己的要求，对吧？"

"是这样，我没有杨××和李××有定力。"儿子诚实地回答。

"既然你找到了原因，争取下一次把成绩提高上去。"我拍着儿子的肩膀，说道。

这一次张智算是栽了个小小的跟头，此后，他的成绩没有跌出过年级前10名，最好的一次成绩为年级第5名。看来，在高考前，适当地受点挫折是必要的。要是一直顺风顺水，未必是好事。高二第二学期因为表现突出，儿子被选为宝鸡中学学生会主席。如果不是那一次的挫折，会有后来的良好表现吗？未必。

我曾经跟很多家长说，孩子成绩下滑时，最应该做的是分析成绩下滑的原因，而不是指责孩子。找到原因，然后想办法改正缺点，成绩就一定能进步。

寒暑假，到底是提前预习好，还是巩固原有知识好

高一寒暑假，我们为孩子到底是预习新内容好，还是巩固已经学过的知识好而纠结。孩子的想法是，预习没学过的内容。而妻子坚决反对孩子这样做。

"虽然张智的成绩不错，但我感觉他的基础还不是很扎实。要是掌握得很扎实的话，为什么没有考到年级第一？说明还有进步的空间。"

"我感觉那些知识我学得差不多了，你们不能让我每门课都得满分。"

"语文当然不能考满分，但数学、物理、化学，要是学得好，是可以得满分的。"妻子反驳儿子。

"那你考给我看看。"儿子怼他妈。

看气氛不对，我马上介入："张智，不能这样跟你妈说话。你没觉得你妈说得有道理吗？"

"已经学过的东西，再学没意思了。"儿子嘟囔着。

"你这想法不对。高考这些知识点都是要考的。这些知识点你都掌握了吗？没掌握，要是高考考了咋办？"妻子不依不饶，想让儿子妥协。

"哪能都掌握，你让大学教授来考我们的卷子，也未必能考满分。"

"你这孩子，为什么不严格要求自己，总是给自己找借口呢？"妻子显然有点恼火了，"下学期要学的内容，自有老师讲，你那么急做什么？"

"不是说提前预习有好处吗？提前预习等于比别人提前学了一遍，知识掌握得更牢固。"

"提前学没问题，关键是，你没有那个能力。学成夹生饭，咋办？还是老老实实跟着老师的节奏走，我觉得很好。"

妻子跟儿子僵持不下，只好我来解决问题了。"你们俩说得都有道理，但你们总得有人需要妥协。"我接着说，"张智，你冷静思考一下，你妈说得有没有道理。"

"那你说我妈有没有道理呢？"儿子逼着我表态。

"我认为你妈说得有道理。很多家长都认为提前预习有好处。不可否认，提前预习当然有好处，但高智商的人提前预习才有好处。"

"为什么这样说？"妻子和儿子异口同声地问道。

"智商高的人，不需要老师讲解，自己学，就可以了。而你不行，你只能在老师的讲解下，一步步地走踏实。你如果像其他人那样赶时髦提前预习，等老师上课时，你以为自己掌握了这些知识，不去认真听讲，结果学成了夹生饭，这就得不偿失了。你是我儿子，我了解你，你还是踏踏实实地复习已学知识。新知识等老师讲解时，再学。"

"你爸跟我的意思一样，张智，你要听我们的意见。"妻子很高兴我跟她意见一致。

儿子默不作声。

我知道，儿子即使知道我们的意见是对的，也不会马上接受，所以我们也没有再逼他，让他自己去思考。

过了一天，儿子开始拿出旧课本和习题册，刷起题来。

到了高三总复习时，由于儿子利用寒暑假时间，打牢了基础，所以成绩一直非常稳定。高考时成绩也稳定，没出现大起大落的现象。我们的做法是有效果的。

很多家长和孩子都想当然地认为，预习新知识对学习有好处，其实不一定的，也可能会有坏处。最好的做法是，利用寒暑假查漏补缺，把没掌握的知识点掌握住，比提前预习强多了。

决胜高考

高考是人生的大事，也是每个考生、家长关心的大事。2005年6月，张智走进了考场，考场在离我家不算太远的渭滨中学，我们准备送儿子去考场，儿子坚决不让我们送，说他自己去。

不送儿子去考场，总感到不舒服。虽然孩子不让去，但我还是不自觉地去了考场。考场外人山人海，从四面八方赶来的家长，把公路、人行道围得水泄不通。

我眼睛盯着大门，终于看见了张智的身影。我马上挤上去喊："张智，张智，这儿。"

儿子看到我，很诧异地问："你怎么来了？不是不让你们来吗？"

"就是想来看看。"

"你来也帮不了我什么忙。"

"高考是你人生中的大事，我要是不参与，多少有点儿遗憾，所以不自觉地就来了。"我接着说，"你考得咋样？"

"不会问点别的？"儿子有点不耐烦。

"不问成绩问啥？"儿子这么说我有点不高兴。"考得怎样？"我又急切地问。

"不太理想。"儿子还是不大愿意说，我心里一紧，儿子莫非考砸了，不会吧？我一边走一边不时偷看儿子的表情。

"你不要瞎猜，不理想不是说考砸了，具体的回家再说。"儿子好像看出了我的心思。

父子俩一路无话，到家了，桌子上摆满了儿子平时最爱吃的菜，像这样的美味佳肴，平时儿子二话不说，一屁股坐在沙发上手都不愿洗就吃了起来，今天一进门好像没有看见满桌的可口饭菜，直奔他的房间而去。妻子想问儿子，我一边给妻子使眼色，一边摇头。妻子领会了我的意思，儿子进了他的房间，我们悄悄地待在厨房。

"怎么回事？"妻子急切地问。

"我也不知道，可能考得不太好。"

"不会太差吧？"妻子一脸的惊慌。

"不会的，我相信儿子的能力。"我嘴上这么说，但心情还是比较沉重。

"去看看他在干什么。"

"你怎么不去？"

"平是老是说你是户主，当然是户主去。"妻子说话的声音不大，怕儿子听见。

"好，好，我去看看。"我轻轻走到儿子的房间门口，儿子在翻书，脸上的表情还是那么沉重。

"张智吃饭了。"我试探性地说。

"吃饭，吃什么饭。"儿子没好气地回答。

"看了半天有什么用，考都考完了，有什么事吃过饭再说。"

"等会儿。"这是儿子的惯用语，口气没有刚才那么强硬。

"好，好，等会儿就等会儿。"要是平日我早不耐烦了，今天不敢，只能由他。

我和妻子坐在沙发上等儿子出来吃饭，谁也不敢出声。半个小时过去了，儿子走了出来，脸上的表情好像好了一点。

"儿子快来坐下。"妻子热情地招呼儿子，我也给儿子让地方。

"你们俩这是怎么了，怪怪的。"儿子一边坐下一边问我们。

"我们怪怪的，你才怪怪的。"妻子笑脸相迎。

"没事，考得还可以，没有我想的那么差。"儿子终于说到了正题。

"不说考试，先吃饭。"我说。

"对，先吃饭。"妻子也附和着。

"你们俩我还不知道，不给你们说一下考得怎样，这饭能吃好才怪呢。"儿子停了一下，看了看我又看了看他妈。

"没事，只要发挥正常就行。"我安慰儿子。

"能保持你在宝中的名次我们就心满意足了。"妻子说道。

"现在不好说，我想问题不大。"儿子回答。

"能不能超常发挥？"妻子又贪心了，其实我也希望儿子能超常发挥。

"现在不说考试的事，吃饭，等标准答案出来再说。"我赶快把话题引开。

高考标准答案出来了，儿子在学校反复对了答案，把作文重新写了一遍，让语文老师分析，老师说他的作文立意不错，但不大可能得高分。经过仔细估分，儿子认为，最低690分，中间695分，最高702分。估分后，儿子的心情不是很好，我们则比较满意。能考这么高的分数，我们还有什么不满意的？

高考告一段落，剩下的是出分填报志愿了。

报考学校有哪些学问

　　高考，考的是子女，选学校考的是家长。面对儿子的高考估分，我们需要给儿子选择。估分出来了，我需要提前做出判断，我把三年来全国各大名校在陕西的招生人数、招生分数一一做了对比，得出一个数据：前10名学校在陕西招550人左右。全国名校在陕西的排名是：清华、北大、复旦、浙大、中科大。再把全国名校三年内在全国的录取分数线做对比，发现这五所大学除了清华、北大外，其余三所学校有升有降，因地域不同而不同。根据两年来清华、北大在宝鸡中学录取的结果看，只要在宝鸡中学排在前20名，去清华、北大没有问题。经过认真分析，我把数据摆在儿子和妻子面前，一家人讨论儿子的去向。

　　"选学校的一般原则是：选学校，选专业，选城市，张智你说去哪？学什么专业？以后打算干什么？"一开场我就给儿子提了三个问题，这三个问题弄清楚了，问题也就解决了。

　　"要说学校肯定是清华。"儿子回答得很果断，没有一点犹豫。

　　"打算学什么专业？"我又发问。

　　"能够出国留学的专业。"回答一样果断。

　　"你看了没有，能出国留学的专业都有哪些？哪些学校出国留学继续深造的人数最多？几率最高？"

"这个我还没有看。"

"我们现在看，所有的资料我都整理好了。"

"我看不用看了，报清华就行了。"妻子发言了。

"看了再说，这事急不得。"我们父子两人翻看了所有的资料，最后找出了出国率最高的学科——数学、物理、化学、生物——都是基础学科。我们想学工科但工科出国难度大一点。出国留学比例最高的几所学校是中科大、清华、北大、南大、上交大等。

这样我们可选的范围又小了。浙江大学合并了几所学校，怕被分到合并的学校，北大偏重文科和理科，工科不是特别强。复旦大学文理科不错，工科同样不是很强，南京大学不在我所选的范围之内。这样只有清华、中科大和上海交通大学在选择之列，清华第一，工科也是第一，但根据两年来宝鸡中学去清华的学生录取的专业来看，儿子被清华电子专业录取的可能性不大，只能服从分配，什么专业不知道，有点冒险。

上海交通大学的地理位置和工科都不错，但出国深造的比例远低于清华和中科大。中科大在国内没有进前10名（国内排名看重规模，中科大规模小，所以排名靠后。事实上，中科大科研和人才培养非常突出），地理位置不好，但它没有扩招，属于精品学校，学习氛围浓厚，出国留学的学子在海外及国内颇有名气。每年出国留学基本以全额奖学金为主，这对于我们这样的家庭来说，就是最好的选择了。此外，保研比例也很高，即使出国不成功，也可以保研，不至于本科毕业就工作。儿子不愿意学理科，中科大的工科也不错，而且中科大转专业比较自由，这对学生来说，绝对是一个福音。我从心里已经选定了中科大，但需要孩子同意才行。

"张智，你谈谈你的看法，爸爸只提供资料和我的看法，学是你上，你说了算。"

"还是想去清华。"

"理由呢？"

"第一，全国排名第一。第二，在首都北京占尽了地理优势。"儿子提出了两条理由。

"我看还是去清华，儿子在高中时代是省重点中学重点班班长，学校学生会主席，省优秀班干部，中共党员，作为高中学生，可以说该有的光环都有了，现在就差一个清华大学的光环了，上了清华一切都圆满了。"这是妻子的意见，说话时妻子的脸上洋溢着幸福和自豪的笑容。

按照中国传统观念，母以子为贵，妻以夫为荣，作为丈夫的我没有给妻子带来什么荣誉，没有值得她骄傲的地方，儿子是她的自豪，她在儿子身上看到了希望，儿子也满足了她的希望。

"你先看资料再发言，人上有人，天外有天，在宝鸡中学是优秀生，到了清华大学就不一定是优秀生。"我对妻子的观点表示出不满。

"你就知道胡扯，清华大学没有次专业，人家都说只要是清华和北大，上啥专业都行，到哪找工作都不成问题。我看中科大不行，全国排名连前10都没有进，地理位置又不好。"妻子心中不服，希望儿子上清华大学，脸上多有光。

"这种说法我不赞同，每个大学都有它的长处，也有它的不足，不可能每一个学科都是全国第一，这有点被神化的感觉，不要忘了人的五个手指还不一样长呢，大学也一样。清华和北大齐名，你怎么不看还有上了北大找不到工作上街卖肉的，而且就在我们陕西。"我反驳妻子的观点，"张智，大学排名有多大的可靠性我们先不说，清华第一，这是事实。但不是所有的学科都是第一，你要学什么专业对你很重要，从全国就业看，电子类就业好，以后会有很大发展前途的。就清华给陕西的名额看，电子类三个，如果你正常发挥的话，进清华是没问题的，但你进不了电子系。在清华没有转专业一说，一旦你进了不好就业的专业，该怎么办？你知道，我们是平民家庭，没办法给你更多的支持，一切都靠你自己。"说到这儿，我看了看儿子。

"这我知道，但我的志向是清华。"儿子嗫嚅着。

"北京作为首都，地理位置是不用说的，环境大大优于合肥。不过，你不是去合肥安家落户，而是去读书。不论是北京还是合肥，对你来说只是一个新的起点。话说回来，真正的大学就是要安静，只有安静才能安心，只有安心才能学好知识。我们是去求学，不是去旅游，所以我认为中科大是你最好的选择。"

"爸，按你的说法，清华我是不能去了。"儿子有一点失望。

"我没有说不能去，只要你报清华肯定录取，但专业没有把握，你要去我没意见，如果专业不合你心意你怎么办？"不是我不想让儿子上清华大学，我也想，但我不想让儿子学不好就业的专业。其实，从现在的视角来看，清华大学和中科大没区别，都是很好的大学。清华现在有点被神化了。

"我怎么感觉你逼迫儿子读中科大？"妻子有点儿不高兴。

"话不能这么说，我没有强迫任何人，我只是讲道理。"我笑着看了一下妻子，"上大学是儿子的事，他是成年人了，让儿子自己决定，我们只是和他商量，说出每个学校的利弊。按照自己的实际能力和情况选一所合适的学校，这才是我们要做的。给我和儿子倒一杯水，我都口渴了。"

儿子沉思了老半天才说话："去清华如果专业我不喜欢，我就回来复读。"

"那可不行，复读压力太大。"我一听就坚决不同意。

"你这做法太冒险了。"妻子一听儿子说专业不好回来复读，也极力反对，终于和我站在同一战壕了，我心中暗喜。

"那只有选中科大了？"儿子问我。

"别的学校也可以选，我认为中科大比较适合你，理科是中科大的强项，工科也不错。"

"我不想学理科，理科太枯燥，只想选工科。"儿子有一点无奈。

"爸爸再强调一遍，工科不是中科大的强项，但也不弱，而且中科大的工科第一年和理科上的是一样的课程，基础打扎实了，对你的发展有好处。"

"那你为什么看重中科大呢？"儿子问道。

"首先，中科大是中科院办的大学，又是国家985工程重点院校，学校没扩张，师资有保证。20世纪80年代少年班在全国很出名，有的名校也办了少年班，但不行，这充分说明中科大办学有优势。再就是它的出国率全国最高，而且是全额奖学金出国，家庭负担小。转专业很自由，这是别的大学不能比的。至于说全国排名没有进前10，跟排名重视规模有关。中科大没扩招，体量小，以规模来排名时，中科大自然排在后面。现在大学生很多，要是专业不好，到时候如何就业？"

"行，那就去中科大，学什么专业？"看来儿子基本想通了。

"中科大有转专业的机会，但我们还是一次把它搞定。我仔细研究了一下，电子信息专业就业很容易，而且待遇很不错，我们就报电子科学与技术。如果进了其他专业，争取大二时转进电子科学与技术专业。"

"你能确定中科大像你说的一样好？为什么高校排名没有进前10？"妻子用怀疑的目光看着我。

"你先读完这些文章我们再讨论好吗？"我把有关中科大的新闻报道和中国科学技术大学海外校友基金会管理委员会2003年2月写的一篇关于中科大的文章递给了妻子。

妻子看完文章和报道对上中科大没有提出异议，但对专业还不放心："你能确定中科大大二时可以转专业？"

"可以肯定。"

"收钱不收？"妻子又问，当然这也是我们老百姓关心的。

"不收，绝对不收，不过是要看成绩的。"我说着看了儿子一眼。

"是不是考虑一下浙大，浙大排名是全国第三，地理位置也不错，你没听人说上有天堂，下有苏杭吗？"妻子说。

"浙大的地理位置是不错，但我不想让儿子上浙大，因为这几年浙大扩张得太厉害，合并的几个学校不怎么样，我不建议儿子去那儿。"

"不管怎么说浙大的排名比较好，国家总不能乱排名吧？"妻子还是用质疑的眼光看着我。

"搞清楚了，大学排名不是国家搞的，是部分团体搞的。"我回答。

"不会吧？"妻子不相信。

"我爸说得对，排名不是国家搞的，国家搞的就是985工程和'2+7'工程。"儿子说话了。

"985工程我知道，什么是'2+7'工程？"妻子不解地问。

"'2+7'工程就是国家要建立两所世界一流大学，7所世界知名大学的计划，两所世界一流大学就是清华和北大，7所世界知名大学其中就有浙大和中科大，其实'2+7'工程就是985工程的最初计划，后来又扩大到16所，再后来又扩大到30多所。其实这些大学除了清华和北大外，其余的大学各有千秋，各有所长，关键是浙大转专业的比例不到5%，这还不是主要的，主要的是我们将来要干什么？大学毕业了是继续深造还是工作，首先要搞清楚这件事我们再谈选学校的事。要是本科毕业马上就业，浙大、上交大都比中科大有优势，要是继续深造，中科大比其他几所大学有优势。"我给妻子解释道。

"当然是继续深造。"儿子和妻子异口同声地回答。

"要是这样，就没有什么好说的了，深造最好的选择就是美国，北大、清华保证不了好专业，所以我选择中科大。"

经过讨论初步选择了中科大。

很多家长在孩子报考院校上犹豫不决，他们怕浪费所谓的分数，比如，宁愿上清北很一般的专业，也不愿上中科大、复旦、上交大、南大的好专业，在他们看来，浪费分数是划不来的。此外，他们认为上大学就应该去大城市，如北上广之类的。其实这种想法是错误的，以我的理解，填报志愿时，应该按照专业、学校、地域这个顺序进行选择。

网上有一篇很出名的文章，大致意思是：自己以万里挑一的成绩到了那所学校，学习四年后，居然就业困难，只能去某培训机构。最后他发出了这样的感慨：当初我兴冲冲地朝你而来，你就给我这个结果？相信看过这篇文章的人，一定能领悟到专业的重要性。

儿子和他妻子现在在美国成功就业，他们学的都是电子信息专业，两口子年薪达到30万美元。如果当初不是选对了专业，怎么可能有这么高的收入？美国家庭平均工资才5万多美元。

选择往往比努力更重要

在报考哪所大学这个问题上，我一直秉承一个理念：选择比努力更重要。大学和专业没选好，四年后的结果是，那些高考比你少考100分的学生，居然年薪比你高好几万甚至十几万。这样的例子不鲜见。如果把学生物、化学、化工的等跟学计算机的比较一下，就知道我没有说假话。我要求孩子不要考虑虚名，要重视实际情况。

宝鸡中学教学楼二层和三层是高三毕业班的教室，学生在这儿填志愿。学生挤满了整个楼层，二楼三楼走廊里挤满了学生家长，在U字形的教学大楼一层中间空地上，贴满了各个大学的招生海报，家长们在挑选适合子女的学校。

儿子所在的重点班12班在三楼的尽头，教室里坐满了学生，老师在讲话，同学们在窃窃私语，后墙的黑板上几个用红笔写的大字格外醒目："饮马未名湖，放歌清华园。"每个人的课桌上放着自己填写的志愿。

杨××的父亲坐在楼梯上不停抽烟，庄重而严肃的脸上挂着疲倦的愁云，一看便知这几天没有休息好，想去打个招呼，思量再三还是不去为好，等会儿儿子出来再说。楼道里不时传来人们的议论声，一个中年男子急匆匆地走了进来，不知说了什么，呼啦一下子在他身旁围了一圈家长。杨××的父亲也来了精神，好像有了新发现，起身也围了过去，好奇心促使我快步走了过去。只听那中年男子说："我在清华有朋友，他们说陕西今年680分没问题，大胆报，我前天到的北京，晚上见的清华朋友。现在是敏感时期，白天不能见，他是管招生的，手机都不开，要不打个电话就行了。"说得头头是道。疲倦的脸，告诉大家，他真的好几天没有休息好。

680分能上清华、北大？如果是真的，是不是我的思路有问题？真的是680分，儿子不是吃亏啦，看来还得谨慎点，多听多看。

儿子下课了，告诉我老师说：高考估分成绩超过680分，没有填清华、北大志愿的无效，让回去和家长好好考虑考虑，明天去教务处重新填写。

人们还在议论着，说什么的都有，我告诉儿子刚才的事，并指给儿子看："就是那个男的，杨××他爸也在那儿。"

"中间说话的是我们班宋××他爸，去北京打听清华北大在陕西的录取分数线去了，刚才宋××告诉我了。"

"是宋××他爸，难怪。"我若有所思，"噢，对啦，李××，杨××，宋××估了多少分？"

"李××估了685分，杨××估了680分，宋××估了675分。"

"他们报的什么学校？"

"李××报的清华，杨××报的清华定向生，宋××报的也是清华。"

"宋××他爸打听的清华北大录取分是多少？"

"680分，我们是不是估计错了？"儿子有点挂不住了，人家都报清华，自己报的是中科大，好像有点不对。

"和杨××他们交流一下，看他们怎么说。"我也有点犹豫。

说着话杨××和他父亲向我们走了过来，看来也是想听听我们的意见。我和杨××父亲是在家长会上认识的，打过招呼后直接问起了填志愿的事。"听说张智报的中科大？"杨××的父亲问我。

"是中科大。"我回答。

"有点亏吧，张智的估分比我儿子高。"杨××的父亲说话时有一点点醋意。

"我认为张智的分去清华可能分不到好专业。"

"清华没有差专业，要的是牌子，只要能进去就行。"杨××的父亲对清华非常敬重，每次提到清华两个字时，眼中都会有一股亮光。

"我们也想去，总感觉把握不大。"我有点无奈地回答。

"不然报国防生也行。"杨××的父亲提议。

"我也认为国防生挺好的，可儿子不同意。"

"杨××报清华什么专业？"

"定向生。"

"不错，定向生不错。"我心想报的是定向生，那一定是杨××父亲的主意，怕录取不上，定向生要降七八分到十分的。

和杨××父亲交谈后，我和儿子有点迷失方向了，下楼时，听杨××跟他父亲说："清华我不去，去上交大吧。"

"不行，就去清华。"杨××父亲刚才和我说话时的客气劲没有了。

"录不上怎么办？"杨××问他父亲。

"录不上复读。"

"复读的话，得给我重找学校，我不在宝中复读，这样太丢人。"看着他们远去的背影，听着他们父子的对话，我深深地感到面对高考、面对择校，儿女难，父母更难。

12班的高考估分成绩基本上都知道了，张智第5名，680分以上没有填清华、北大的家长和子女在宝鸡中学教务处集合，教务处长给每个家长做思想工作，每次进去一家，一一劝说。我和儿子在家再一次统一了意见，又一次分析了儿子的情况，决定不变，就去中科大。由于我们不报清华和北大，两天讨论和教务处长都没有达成一致，他们让我们再考虑，说不要耽误了张智的前程。高一时的班主任李老师闻讯后也赶来做工作，说我们不报清华大学是对张智的不负责，会毁了张智，一时间我是有口难辩。

填志愿的最后一天，儿子的志愿表还是拿不到，不填清华大学，教务处长死活不给。下午又一次被请进了教务处，一开口王处长就单刀直入："张智，你的事情你做主，为什么总听你爸的，去中科大你会后悔的。"

"你怎么说话呢？"我有点忍不住了，这不是挑拨儿子和我的关系吗？

"不是我说话不好听，张智是我们学校培养出来的，我们要对他负责。"王处长一听我说话有点冲，说话语气软了一点。

"难道我们做家长的对儿女就不负责？"

"不是不负责，我们今天特意打电话问了西工大附中和西交大附中，从内部得来的消息是，他们估分最高是690，675分以上就可以报清华北大，你说你们张智，去清华有什么不保险？"

"这个我不信，他们的师资没有变，生源没有变，不可能这么低。"我跟他分析道。"你不要忘了去年清华在陕西的录取分数线是695分。"

"我没有见过像你这样的家长，这么固执。"

"不是我固执，我是为我儿子着想，我们也想去清华，但我们没有这个把握，这一步不能走错。"

"张智是省优秀班干部，可加10分。"

"加10分也没用，进清华的分张智够了，但分不到我们想去的专业，加分进学校有用，分专业没用，这我了解过了，所以我们决定去中科大。"

"看来你是坚决不报清华？"

"是的，不报。"

"你出去，我和张智谈，他成人了，有权利自己做主。"王处长要赶我出门了。

"我的事我爸做主，和我谈没用。"儿子一直没有说话，关键时刻来了一句，把王处长给顶了回去。

话说到这个份上，已经没有回旋的余地了，王处长很不情愿地拉开抽屉，取出了一张志愿表，我刚要伸手去拿，被王处长挡了回去："这不是给你的。"话语里充满了不满，对着我儿子说："张智，给！"

儿子接过志愿表也是一脸的不高兴，为了这张志愿表浪费了三天时间，现在拿到了好像没有了激情似的。儿子坐在椅子上，一会儿就填好了志愿表，让我校对了一遍，没有问题后交给了王处长。

查高考分的日子到了。6月24日晚上9点多，儿子的同学打电话告诉他，高考分出来啦，网上可以查询了。我们家没有网，去邻居家查的，儿子的神情极为严肃，是啊，12年的辛苦，成果就在打开电脑的瞬间。

输入高考准考证号码后，成绩跳入了眼帘，697分，儿子交出了一份满意的答卷，激动得我不由得吻了一下儿子的脸颊，这是预料中的事。儿子沉思着，没有表现出特别的喜悦，嘴里不停地说："语文为什么这么低，是哪儿出了问题？"看来他对成绩不太满意。

"不错，不错，这么好的成绩，让你爸奖励。"邻居不住地称赞着。

"一定奖励，而且要重奖。"高兴得我以为是在自己家中，有点失态了。

"爸，你估计一下陕西的最高分是多少。"儿子对我还是比较信任的。

"我根据前两年的成绩推算过，如果你发挥正常，在宝鸡中学前10名的话，你的排名在全省100名以内，省第一名可能高出你20—30分，今年考题相对简单，可能还会再高一点。"

儿子始终没有高兴起来，邻居再三的称赞让我有点不好意思。回到家里儿子不停地接到电话，他班上的同学在打听每个人分数的同时，也报上自己的分数，一时间家里充满了儿子的回答声和询问声。

妻子对儿子的分数很满意，脸上洋溢着幸福快乐的笑容。

晚上11点多，家里终于恢复了平静，儿子发出了一声叹息："李××、杨××多可惜！"

"他们的分不高吗？"我关切地问。

"和估的分差不多。"儿子回答。

"那有啥可惜的？"不是自己儿子的事，说起来就轻松多了。

"他两个目前看进不了学校前15名了，他们俩报的都是清华啊！"

儿子一脸的惊叹。

"杨××做好了复读的准备，李××可能会踏空，宋××呢，多少分？"因为那天在宝鸡中学高三教室的走廊里，宋××父亲说的话对我影响很大，我关切地问。

"671分，也比估的分低。"这样的消息对于儿子来说不知是喜还是忧，高中三年他们是要好的朋友，李××是儿子学习的楷模，杨××是儿子学习的假想目标。高中三年六个学期，五个学期李××都拿了年级第一，杨××每次大考从没有落后过，一直在前七名以内，只有一次张××排名赶进了第三，杨××第四，我曾和儿子开玩笑说："你什么时候能超过他？"想不到高考成绩超过了他。

学校的排名出来了，张智排名第八，属于发挥正常，和平时的排名基本吻合，第一名721分，是陕西省的第二名，李××、杨××、宋××被挤出了前15名，真的是有点可惜，儿子也替他们愤愤不平。高考不但要考你的成绩，更重要的是要考你的心理素质。第一名在往日的考试中很少进前30名，但人家就是拿了第一，儿子百思不解："怎么会这样？"

"怎么不会是这样？"我耐心地跟儿子解释，"高考和马拉松比赛一样，只要你在第一梯队都有可能拿第一，体育界爆冷门的也不少。"

"高考和体育比赛是有区别的。"儿子有他自己的看法。

"肯定有区别，但有共性，不论是必然性还是偶然性，存在的就是合理的，不能怨天尤人。"

"这个我知道，只要他们不落榜就好。"看来儿子心理承受能力比我想的要好。

教育方法得当，工人家的孩子也能成才

高考喜报出来了，大街小巷都在议论着。张智的考分很多人不相信，同事更是不相信是真的，竟然有人去宝鸡中学进行了查询。嫉妒的话不时传入我们的耳中："就他们两口子那点文化，能教育出这样的孩子，不可能。"

"他们两口子命好，让他们摊上了一个听话的孩子。"

"是他们张智懂事、自觉，根本不用他们两口子管。"

……

我是车间设计员，有一天写工艺时写错了一个字，工人加工时发现了。这种事情要是搁在平时，根本算不上事情，但现在不行，有人借题发挥："还说他儿子考了697分，看他老子错别字一堆，还能培养出那样的儿子，不可能，一定是重名。"说得唾沫星子四溅。有人告诉了我，我愤愤不平。是啊，像我这样的工人，孩子只能考个二本或者大专，他们心理才平衡，要是考得太好，他们会嫉妒的。

在路上碰见了儿子小学同学的父母，因为是熟人，他们说得很直接："你家张智真的考了697分？"

"你想那会有假吗？"这种话听得多了，非常烦躁，所以语气也就不那么好了。

"我不是这个意思，我是说小学毕业时张智不如我们吴××，怎么这次考试比我们吴××多考了200多分，真让人想不通。"吴××母亲的话没有什么恶意，她可能就是想不通而已。

"你家孩子确实比我们家张智聪明，无论智商还是待人接物的能力，都好于我们家孩子。"我很诚实地回答。

"那为什么现在差这么远？"

"这次差的只是考试成绩，其他方面你家孩子比张智强多了。"不要认为我是在宽慰吴××他父母，吴××待人接物上的灵活性比我家张智好太多。

"吴××考的这个成绩让我们很为难，高不成低不就，我们是想听听我们到底错在了哪里。"

"你是想听真话还是假话？"

"当然是真话。"

"小学时我家孩子跟你家孩子成绩相当，那时候我们都是散养，所以区别不大。孩子上初中时，我们夫妻俩认为要严格要求张智了，而你们在孩子上了初中后，依然是散养，经常看见你儿子放学后不回家在楼下玩，有时都很晚了还在楼下玩，你们夫妻根本没有尽到责任。这次你儿子没考好，你们有很大的责任。"

我说的是大实话，吴××父母一心忙于生意，很少把心思放在孩子身上。现在高考，不仅考孩子，也在考家长。家长放任孩子，孩子成才的概率就小多了，毕竟自觉的孩子是少数，哪个孩子不贪玩啊。每一个取得高分的孩子背后，基本上都有一对尽力教导孩子的父母。

"没事，高考不完全决定一个人的前途，你儿子聪明又有能力，选一个合适的学校加把劲，以后不会差的。"为了不让他们夫妻下不来台，妻子打了个圆场。

"我们也是这样认为的。"吴××的母亲回答。

"我感觉还是你家张智比我们孩子更有前途。"吴××他爸说道。

我们两口子不知道怎么说才好。

"你们做生意，家里比较宽裕，车子有了，房子市里有两三套了，即使孩子没考好，前途也不用担心的。我们是没办法，自己没出息，总想着让孩子有出息。如果我们像你们那样会赚钱，张智是否考到好学校，我也就不在乎了。"我安慰他们道。

"不管有多少钱，都有花完的时候。能力可以持续不断地赚取财富，我还是希望自己家孩子有能力，他不能啃老啊。"吴××的爸爸诚恳地说。

"如果你想让吴××进好点的学校，可以复读啊。"

"我们也是这样想的。没有要求孩子好好学习，不管花多少钱，我都要把孩子送到最好的中学去复读。"

"明年一定能得到好消息。"离开时，我们送上了祝福。

虽然说，人生的道路有千万条，但高考无疑是最重要的一条。考好了，进入好大学，为将来谋得一份好工作做了充足的准备。很多用人单位都是要看第一学历的，第一学历不够好的话，简历关都过不去，更不用说面试了。所以，作为家长，一定要从小帮助孩子养成读书的习惯。养成了好的读书习惯，好成绩的取得就不再是奢望了。

高考录取开始

高考录取开始了，此时，家长和孩子都深感不安。我们让儿子去旅游，儿子说不去。"没有看见录取通知书，哪都不去。"我们深信儿子一定会被中国科学技术大学录取的，商量着拿到录取通知书后让儿子去哪旅游，让他散散心，放松一下。

7月15日高考录取开始了，我和儿子提前一小时来到网吧，坐在电脑前，等着这个时刻的到来。

9点整，招生录取工作开始了，不到两分钟时间，张智的名字跳入了眼帘，录取了，是陕西第二个被录取的。"中国科学技术大学，电子科学与技术专业。"我高兴，儿子也高兴，我们看了好几遍，确认没有错才回家。

回家的路上儿子问："爸，能不能换零零班？"

"怎么会有这个想法？"我感到莫名其妙。

"你没看我是第二个被录取的？"

"这和你转到零零班有什么关系？"我不解地问。

"这几天我又仔细看了中科大的资料，我认为零零班要比普通班好，要不中科大不会搞零零班的。"

"为什么刚开始你不说，现在可能不行了，不过回家可以打个电话咨询一下。"

回到家，儿子第一件事就是给中科大招生办打了咨询电话。"喂，你好，你是中科大招生办吗？"儿子问。

"我是中科大招生办，请问你是哪里？"

"我是陕西的考生，我想问一下我被录取了没有？"刚才在网上明明看见录取了，现在还要问，主要是不相信网络。

"请报你的名字和准考证号。"

"张智。"儿子一边报自己的名字和准考证号，一边看看我。

"张智同学，祝贺你被录取了。"

"老师，我想问一下现在能换专业吗？"

"不能换，你想换什么专业？"

"想进零零班。"

"零零班在陕西招两名，你没有报，招满了。"

"麻烦你可以告诉我零零班的录取成绩好吗？"

"一个698分，一个696分。"老师过了一会儿回答了儿子，看来是在查找，"你在陕西排名大概多少？"

"具体没看，应该100名以内吧。"儿子回答。

"你们陕西的高考题是不是出得简单？"老师问。

"老师什么意思？"儿子有点搞不清是怎么回事，其实我已明白了老师问话的用意。

"没有什么，我是说这个排名来中科大要努力的，过去中科大也来过省状元，因为不努力最后被淘汰了。你的成绩是陕西报中科大的第二名，中科大学习气氛相当浓郁，竞争激烈，进了中科大，大家都是从零开始，在同一条起跑线上，就看谁努力了。放暑假了，在家好好复习，不要乱跑，要想换专业，进校一年后拿出好成绩，一定能换的。"

"谢谢老师指点。"儿子礼貌地回答。

电话打完了，儿子陷入了深深的思考中，不知在想什么。

"儿子，你知道中科大老师问的那句话是什么意思吗？"我问儿子。

"哪句话？"我把儿子从思考中拉了回来。

"就是你们陕西的高考题是不是出得简单那句。"

"他问这句话是什么意思？"儿子问我，看来他真的没有理解。

"他是在说你这个成绩在陕西排到了快100名，去中科大学习压力有点大，所以他才跟你说了那么多，让你暑假好好复习，理解得对不对我不知道，但我是这样理解的，儿子你是怎么想的？"

"我看没有那么严重吧，我的分不低了。"儿子自信地回答。

"分是不低了，但是你没有看报道说：中科大是刻苦学习学生的天下，奔清华、赴北大，不要命的上科大，不可掉以轻心啊。"

"看过了，不过我想没有那么可怕，好大学的学生都刻苦，我就不信中科大的学生比清华的学生还刻苦。"

"信不信由你，从报道上看，中科大的学生比清华大学的学生刻苦，要不哪有那么高的出国率呢？那可是全额奖学金留学，有关资料你也看了，这些数据是不会有假的。"

晚上儿子又忙了起来，电话接连不断，有打出去的，也有打进来的。从儿子的表情看，有喜也有忧。他要好的同学的名字我差不多都听到了，但没有听到杨××的名字。

"清华录取分多少？"我问儿子。

"691分。"儿子回答。

"杨××、李××、宋××录取没有？"

"李××最后在区教育局换了报考学校，报了上海交通大学，宋××也换了浙江大学，要不全落榜了。"儿子说时有一点高兴，是为他的朋友没有落榜而高兴。

"杨××呢，录取了没有？他是定向生，会降分的。"

"没有落榜，刚刚达到录取分数线。"

"杨××是定向生，毕业了得去指定的研究所工作五年，五年期间不能调离，五年后才发毕业证书，这个对你不合适。"我向儿子解释着，希望儿子不要耿耿于怀。

"你怎么知道要去指定的研究所工作五年？"

"我当然知道，我详细读过有关招生章程。"我跟儿子说着，"你无论如何要给他打个电话祝贺一下才对。"

"好，好。"儿子不太情愿地给杨××打了祝贺电话。

暑假里儿子除了和同学聚会外，基本上没有出门，听了中科大老师的话，儿子开始了复习计划，这为他在科大的学习打下了基础。

正式进入大学

录取通知书到了，这是我们家的一件大喜事，一家人欢欢喜喜地招待着亲朋好友，好不热闹。

长岭中学有一个学生刘××早张智三年上了中科大，儿子以前见过面，也算认识。刘××高考宝鸡市第三名，陕西省第42名，也是由于专业问题去了中科大，而没有去清华。妻子为了给儿子准备用品，托人找到了刘××父母，请教有关问题。从刘××的父母口中我们得知了中科大的一些情况。刘××要上大三了，准备考研究生，暑假没有回来，他的父母托我们给她儿子带点陕西特产。

8月24日，我们送儿子出发了。宝鸡火车站，刘××的父母早就等在那儿了。要进站了，刘××的母亲一再叮嘱我们夫妻："一定要见到我儿子，这是他的手机号。"说着，刘××母亲的眼泪快要流出来了。

"你放心，我们一定去见你的儿子。"妻子劝说着，我记下了刘××的手机号。

"大半年都没有见了，也不知瘦了还是胖了。"刘××的母亲一边说一边擦眼泪。

"人家是送儿子上学，是喜事，你哭啥。" 刘××的父亲生气地说道，"麻烦你们了，把这东西带给他，告诉他好好学习，我们一切都好，让他不要挂念。"

"好啦，好啦，该进站啦。"刘××父亲催促我们进站。

"叔叔、阿姨再见。"儿子在和刘××父母道别。

列车奔驰在祖国的大地上，驰过八百里秦川，越过中原腹地，呼啸着直奔安徽合肥而去。合肥我们来啦。

第二天凌晨3点40分，列车准时到达了合肥车站。车站广场上冷冷清清，在广场的一角竖立着一面横幅标语，上面写着"中科大欢迎你"。几个接待员忙得不可开交，从全国各地赶来的新生及其父母围着接待员不断地询问。

我们放下行李，让妻子看着，我和儿子挤进人群，也想听听人们在问什么。

"听说中科大出国留学的比例是25%，是吗？"

"我们是长春来的，在省里是前10名，本来是要报清华的，就因为听说你们这学习氛围好我们就来了，不知是真是假？"

"我们是从天津来的，小孩的英语四六级都过了，英语成绩在你们这儿还有用吗？"

"我们儿子今年16岁，英语四六级也过了，高考成绩在省里排三十几名，能进少年班吗？"

"中科大一年后能转专业，是真的吗？"

……

询问声此起彼伏，众多家长关心的也是我们关心的，我们没有询问，只静静听着接待员反复认真地解释。太多的疑问在这里得到了肯定的答复，还没进校门就感到了一股强大的压力。

我不安地问儿子："你听听，看来你要努力了，你怕吗？"

"有什么可怕的？"儿子平静地回答。

"好多人英语四六级都过了，你比他们落后了不少。"说真的我有点担心。

"没有想到外省来的学习成绩这么好。"妻子感叹道。

"本来西部就落后。"儿子认真起来了。

"我们和西安比落后，来到这儿一比那就更落后了，真是天外有天，人外有人。"我心想，儿子在这儿能承受得了吗？也庆幸没有选择清华，去了清华压力会更大。

"你看儿子成绩能追得上他们吗？"妻子有点担心地问我。

"我看行，不过可能要费好大劲才行。"

"你无论什么时候对你儿子都有信心。"

"那当然，我从来就没有怀疑过儿子的能力，不过这次我有点担心，强手太多了。"

"跟儿子说说，成绩过得去就行了，不要学得太累。"妻子更多的是关心儿子的身体。

不愧是名校，来接站的是清一色的豪华大巴，我们坐在车上欣赏着合肥清晨的美景。合肥比我们想象的要好，没来时很多人都说合肥不如西安，现在看起来差不多，起码空气要比西安好得多。

经过三十几分钟，我们来到了中国科学技术大学东校区。第一次来到这所高校，心里有点莫名的激动。中科大礼堂前的空地上坐满了新生和家长，大家疲倦的脸上带着喜悦。儿子一到，马上和我一起去报到。

在学校礼堂的左侧墙上，有一张大红喜报，上面是新生录取名单，儿子认真地，一行一行地查找。

"找什么呢？"我好奇地问。

"西交大附中、西工大附中来得不多，他们基本都去清华北大了。"看来他对没有去清华还是有点不满。

"看也没有用，木已成舟，既来之则安之。"我跟儿子解释，"其实你来的是一个虎狼窝，一年以后怎么样还不知道。"

聆听学长教导，吸取教训

信息学院在西校区，儿子宿舍在5号楼3层，我们很快找到了宿舍。

安排好住处，我们一家三口认真查看了楼层的设施，出门不远是洗衣房，有洗衣机、水池、晒衣服的长阳台，设施一应俱全。

忙完了，给刘××打了电话。不一会儿他来了，清瘦的脸上戴着一副深度眼镜，一进门我们就认了出来，和照片上的差别不大。

"叔叔，阿姨，不是我不打电话给我爸妈，实在是太忙了。"刘××说。

"真的有这么忙吗？"我有点不信。

"真的，我在准备考研究生。"

"我们上车时，你妈看着我们都哭了，她太想你了，你要理解父母的心情。"妻子如实相告。

"本来是计划回去的，就是因为考研究生，才没能回去。"话语中有一种无奈。

"不说了，以后给家里多打电话就是了，因为学习父母会理解的。我们都是从宝鸡来的，张智刚来这儿，对这儿的学习情况不了解，你给张智介绍一下情况，好让张智有个心理准备。"我转换了话题。

"张智，我们以前见过，不过不了解。"刘××看了一眼张智。

"没事，我想知道这儿的具体情况，比如出国留学。"张智笑了一笑，算是回应。

"都是自己人，也不怕见笑。"刘××好像有点不好意思。

"有什么见笑不见笑的，我们想知道实情，这对张智有好处，也算给我们帮一个忙。"我笑着说。

"没什么，我们不会跟别人说的，做长辈的怎么可能笑话晚辈。"妻子也想听实情。

"当年我是陕西第一名进的中科大，原打算报清华的，因为怕进不了计算机系，比较再三报了中科大。"说话时脸上有一点不自在，"因为是陕西进中科大的第一名，学校奖励了3000元。"

"这个我们知道。"儿子打断了刘××说话。

"不要多嘴，听刘××哥哥说。"我生怕漏掉了什么，对儿子打断刘××说话表示不满。

"没事，就因为这个第一名，让我产生了轻视的想法。"刘××继续说着，我们一家三口聚精会神地聆听着，"第一年我没有认真学习，打游戏的时间比学习的时间多。大一基本上是在这种状态下度过的。结果，成绩非常不理想。到了大二，本来想好好学习，但由于打游戏有点上瘾了，导致花在学习上的时间不够。由于落下的功课太多，到了大三想追赶也来不及了，出国没希望，由于成绩不理想，也没办法保研，只能考研了。"刘××不好意思地说着。

"从大一就不能放松，是这样吗？"没等我提醒儿子，儿子已开口了。

"看你打算做什么，是出国留学，还是保研？"

"计划是出国留学。"

"有计划要比我没有计划好，不过出国很累，最后能坚持下来的不多。"

"没事，张智不怕累，你看他身体多好，累一下，趁机减肥。"我打趣地说，也是为了调节一下气氛。

"不光是身体累，心也累，不但要学好每门功课，还要学好英语。"

"还有什么要求？"儿子的情绪被调动了起来。

"你看过《科大人》那本书没有？"刘××问儿子。

"大概翻了一下，没有仔细读。"

"你有空仔细读一遍，就知道出国有什么要求了，那上面介绍的全是科大出国学生的事迹。"

"刘××，我想说一句不该说的话可以吗？"我打断了他们之间的谈话。

"叔叔你说，没事的。"

"如果你现在是个刚入学的新生，你是想出国、保研还是考研或者就业？"

"我也会出国吧。"

"为什么？"我问。

"因为美国的科技在世界上是最发达的，有机会去美国接受教育，可以开阔眼界，学到国内学不到的知识。"刘××回答着。

"你刚才说想出国会很累，你不怕累？"我接着又问。

"不怕，不过现在只能考研了，谁叫我混了两年多呢。"刘××有点后悔地回答。

"现在改正错误也不晚，先考研究生，上了研究生，再找机会出国深造。"妻子说。

"有这个打算，也只能这样了，比大学出去费劲多了。"刘××说出了自己的想法，"叔叔，阿姨，我还有事，我的电话号码你们有，张智以后有事的话可以打电话找我，我该走了。"

"这是你父母给你的东西。"我指了指地上的大纸箱。

"这么重。"刘××搬起了纸箱，"谢谢你们，我刚才说的话不要跟我父母说，他们知道了会伤心的。"

"不会，你放心。"妻子一边送刘××出门一边说。

刘××走了，他说的话留在了我们一家人的心中，我看着儿子，儿子看着我，妻子会心地笑了。

上了大学，努力不变

儿子走了，走得那么远。三口之家一下子变成了两口之家，心里空落落的。

第一个星期六的晚上10点，我们夫妻等儿子的电话，时间一分一秒地过去，电话没有响，十点半了电话还是没有响。

"不等了，我们打过去，臭儿子把我们给忘了。"我沉不住气了。

"要打你打吧。"妻子好像也有点心急，但表现得没有我这么夸张。

电话接通了，没人接听，是打错了？对了一遍电话号码，没有打错，快11点了还是没有人接，家里的空气变得紧张了。

"11点还没回宿舍，干什么去了？"焦急的我在客厅里像热锅上的蚂蚁一样，转来转去。

"不用担心，宿舍4个人都不在，会有什么事？"妻子反倒一脸的镇静。

"嘟嘟，嘟嘟。"电话铃终于响了，妻子还没反应过来，我一把抢了话筒。

"是张智吗？"我问。

"爸，是我。"儿子回答。

"这么晚了才打电话，干什么去了？"我批评他。

"上晚自习。"

"刚来学校就上晚自习？"我有点怀疑。

"昨天就上了。"

"分班了没有？"

"没有，大一后分班，现在是大班。"

"和你报的专业一样吗？"

"一样，电子信息类是一个大类。"

"一个班有多少人？"

"127人。"

"女生多吗？"

"17个。"

"那就是110个光棍了。"我和儿子开玩笑。

"爸，老师让我当团支部书记，你说怎么办？"

"不是说好不当班干部只学习吗？"这是和儿子事先商量好的，只抓学习，别的都不重要。

"可是老师非让当不可。"

"看来你是答应了。"

"我不好推辞，本来是要让当班长的，因为宝鸡中学档案来得迟，学校看到我的档案时班长基本定了。"儿子在给我解释。

"既然是这样，当了就当了，可不能影响学业，儿子，你们宿舍几个人合得来吗？"我成老太太了，才几天不见儿子，说起来没完没了，"还有一个同学是哪个省来的？"

"合肥本地的，离家不远。"

"家境富裕吗？"

"一般吧，好像不太富裕。"我心里一喜，好啊，我就怕儿子宿舍有一位家境太富裕的同学，这下放心了。

"你有完没完，也该让我说几句了，好像我是后妈似的。"妻子要电话了，要和儿子聊聊。

"好好，给你。"说着话把话筒给了妻子。

"张智，我是妈妈。"

"妈，我听着呢。"儿子回答。

"儿子生活过得惯吗？"女人和男人关心的就是不一样。

"过得惯，吃的和宝鸡差不多，就是比宝鸡价格贵点。"因为我们夫妻在合肥时间太短，没有像其他家长一样陪儿子在学校的食堂吃一餐饭，对学校的伙食情况不了解。

"洗澡了没有？合肥又湿又热，一定要按时洗澡。"

"知道。"

"要按时吃早餐，要喝牛奶，吃鸡蛋。早餐营养不够，一天学习都没精神。"

"知道。"其实这些叮嘱都是多余的，现在的孩子比我们会吃喝，只要你有钱，他们可会花了。

中科大每年新生入学后，根据新生入学时在各省的排名发奖学金，我们一直期盼着这个日子的到来。不是为了钱，是为了知道儿子在系里的名次，知道了名次才能摆正自己的位置，根据自己所处的位置，判断自己的实力，再根据自己的实力调整自己的目标。

儿子得了2000元奖学金，班上发奖学金那天，3000元的七个，2000元的十几个，先不管南北差距，也不说各省高低，就从奖学金的钱数上儿子不占优。同一个宿舍里就有两个强手，甘肃来的是武威地区第一名，甘肃省前十名，要是上清华或北大的话，在他们地区可以得到5000元钱奖金。合肥来的本来是要进少年班的，因为年龄大了一个月没有进去，属于智力超常儿童，儿子名列第三。听到这些消息我倒吸了一口冷气，不由得替儿子担忧。

但担心归担心，儿子终归要长大的，还是让儿子自己承受这个压力吧，我们能替他做什么呢？不过，刚开学就上自习，这是个好习惯。只要努力了，不管结果如何，我们都能够接受。

逆流而上，不怕困难

儿子去了三个月了，对中科大有了新的认识，学工科的拿全奖出国，相对于理科难一些。对他学的专业来说，每届也就12个人左右，要想全奖去美国攻读博士学位，必须在系里排前10名，而且是大学三年的平均成绩，这只是第一个条件。第二个条件是英语要过关，GRE成绩必须优秀，托福成绩也要优秀。第三个条件是研究经历，有研究经历会好申请一点。我觉得这难度有点大，尤其英语，大城市的孩子四六级都过了，我家孩子跟他们没法比。和妻子商量后让儿子降低标准。

"不行，不能降低。"儿子听了就不同意。

"你考虑考虑，目标定得太高，不容易达到。"

"有什么不容易，只要努力了，就一定有收获。"儿子的信念不变。

"爸爸、妈妈是怕把你累坏了，努力了如果实现不了会伤心的。"

"还没有努力就打退堂鼓，这怎么行？只有努力了才知道结果。"儿子回答得非常果断，没有商量的余地。

"每一个人都有远大的目标和美好的理想，但理想和目标要跟自己匹配，超过了承受的极限，就不好了。"我极力劝说。

"爸，我的事我做主。"

"你的英语还没有考级呢，能跟上吗？"

"能，一定能，没别的事我挂了，问我妈好。"儿子从来都不这样跟我说话，每次遇到大事都和我商量，并能基本达成共识。他变了，开始自己拿主意了。

"儿子开始不听你的了。"妻子摇摇头对我说。

"没想到儿子这么坚决。"我既无奈又心疼儿子。

"算啦，最近不要给他打电话，让他冷静冷静，说不定哪一天他想通了，会知难而退。"

"胡说。"我虽然说让儿子降低目标，但决不允许妻子说不吉利的话，"他下定决心了，我们要坚决支持，你说呢？"

"也只能这样了。"妻子泄气地说。

努力有了回报

大一一年，儿子每天起得最早，第一个走进教室，最后一个睡觉，背英语，记单词，一直熬到半夜一点才上床。

大学一年级的生活结束了，儿子告诉我他在系里进了前20名。我们又惊又喜，苍天不负有心人，努力没有白费，申请去理学院的报告批了下来，儿子说他2006年7月8日的卧铺票已买好，要回家过暑假了。

7月8日下午刚上班，儿子就打来了电话："爸，理学院我不去了。"儿子的声音有一点焦急。

"为什么？"我比他更急。

"是这样，我再次打听了一下，理学院出国留学比例大，但毕业后不论是在国内还是在国外都不太好发展。当然要是在学术界发展的话，还是很不错的，我不想在学术界发展，所以我不打算去了。"

"那现在怎么办？"

"退掉申请。"

"能行吗？"

"行，这几天回不去了，得先把车票退了，然后去找学校老师把申请表要回来。"

"开学退申请表不行吗？"

"不行。"

"那就退吧，你想好不要后悔。"目标不变，大方向不变，修正是为了更好地达到目标，迂回是为了更好地冲锋。面对儿子的决定，我们能说什么。

大一暑假儿子回来了，一见面我们夫妻吓了一大跳，儿子瘦了，走时160多斤，现在只有140多斤。黝黑的脸上多了一点沉稳，说话时多了一点思考。妻子忙前忙后，天天给儿子做好吃的，儿子不好意思地说："这样会把我吃胖的。"

"不怕，回校了再减下来。"妻子说话时一脸的欢笑。

我看着儿子有说不出的高兴："儿子，爸爸想知道，你用了那么大力气转到了理学院，为什么又不去了？"我对儿子不去理学院有点不解。

"不是跟你说过了吗？"

"不对，那不是你的真实理由。"

"你怎么知道的？"儿子有点疑惑。

"我分析的。你说理学院出国留学比例是30%以上，你的目标就是出国深造，30%—40%的出国机会你不选择，却选了出国率不到15%的工科专业，所以我不信你说的话，这里面一定有文章。"我看着儿子，希望他给我正确的答案。

"你就是事多，儿子只回来几天，让儿子吃好、休息好就行了，在哪上不都一样，问那么多干什么。"妻子心疼儿子，说我事多。

"我只是想了解一下具体情况，没有别的想法。"

"是这样的，理学院这次在全校招47个转院生，理学院一共有300

多名学生，我们系去了4个，我查了一下，我的排名在理学院排第40多，前几十名的上高中时英语四六级基本都过了，和他们相比我已输在了起跑线上，英语没有精力跟他们竞争。转到理学院后要补两门课，是自己补，今年要考英语六级，根本没有时间补课。再者说，理学院出国读博士，如果没有科研成绩出来不大好就业，而且我也不喜欢搞科研。留在信息学院，从长远看有发展前途。"

儿子分析得头头是道，有说服力。儿子真的是长大了，我的担心完全是多余的。经过一年的拼搏，他不但成绩不错，而且找到了自己的位置。

"四级英语6月份考过了，六级英语考试大二上学期必须一次通过。寒假要报名去北京上新东方GRE培训班，加上去北京的路费，去南京考GRE的路费，要六七千元钱。"儿子说到这儿看了我一下。

"没事，钱不成问题，该用的地方一定要用。"儿子学习的费用那是没说的，要多少给多少。

"还有寒假就不回来了，这学期开学我要买个笔记本电脑，一下子用这么多钱，好像不大好。"儿子说话的声音都小了，很明显有压力。

"这点钱家里拿得出来，咱是办正事，父母应该支持。"嘴上虽然这样说，但心里咯噔了一下，学费、住宿费、生活费15000元，GRE用六七千元，笔记本电脑看得过眼的还不得上万元。这样下来需要3万多元。3万多元对有钱人家算不了什么，但对于工薪阶层来说数目不小了。但儿子钱花在学习上，所以我们一定要支持："儿子，哪天有空我陪你去电子城看看，你挑一个合适的电脑。"

"我不打算在宝鸡买。"

"我们只是看看。"

"电脑我在合肥看好了。"儿子不打算出门。

"我们只是去看看，又不买。"我是借机想陪儿子出去转转，要不他整天待在家里看书。

"下午就去，我们一块去，我好久都没有去电子城了，是什么样都快忘了。"不愧是夫妻，我一开口妻子就知道我的意图了。

返校前，儿子跟我们说："大一的努力有了回报，但还没有达到我期望的结果，现在我的目标是进入系前10名，希望大二能达到。"

看着儿子坚毅的眼神，我们能说什么？皇天不负有心人，我相信，儿子的愿望一定能实现。

春节不回家，去新东方培训

寒假儿子去了北京新东方上GRE培训班，跟儿子一起去的，一共四个，两个是理学院的，一个是计算机系的。其中一个同学的家就在北京市，同学的父母给他们四个人联系到了住处，住处每个床位25元。我们看了儿子发来的信息，眼眶都湿了，北京那么冷，冬天该怎么过啊。

同学的父母大年三十接他们几个去家里过的除夕，真的太感谢同学的家长了。一共放两天假，初一给儿子发信息，儿子说他在睡觉，问他为什么不出门看看冬景，儿子说他太累了，要休息一下。

看了儿子的信息，妻子哭了："我们是不是把儿子逼得太紧了，这么做值吗？"

"谁也没有逼他……"我也伤心，但我是男人，男人是不能流泪的。

"其实上个本科就行了，在国内上研究生也挺好，没有必要这样拼。"妻子有点后悔鼓励儿子出国攻读博士学位了。

"人没有满足的时候，如果人都满足了，社会就不用发展了，也就不用前进了。"我跟妻子说，"现在儿子是箭在弦上不得不发，让他努力向前吧。"

时间过得真快，转眼两年过去了，儿子大二放假回来了。还没到家，儿子就跟我发信息，让我给他买返校的车票，在家待6天。一年没有回来，这次只待6天，在一起的时间太少了。

儿子大了，从他的口中听到他的几个要好的朋友都有了女朋友，他没有。做父亲的我很不赞成儿子这么早找女朋友，怕影响他的学业，但妻子不这样认为。她认为上大学了应该有一个女朋友，这样人生才有意义，为此我们一家三口利用吃饭的机会谈了起来。

"听说你的几个朋友都有女朋友，你有没有？"妻子先开的口。

"跟你们说过了，没有。"儿子不喜欢我们提这事。

"是没有合适的，还是你的要求太高？"妻子问。

"没有时间。"儿子回答。

"那你的同学怎么会有时间？"妻子追问。

"刘××的女朋友是中学同学。"

"那其余两个呢？"

"是在学校谈的。"儿子回答。

"别人能在学校谈你就不能谈？是没人看上你，还是你看不上人家？不能听你爸的，你爸的观点不对，太偏激。"

"我说话偏激吗？"本来不打算说话，想听听他们母子俩的想法再说，现在不行了，妻子把儿子没有女朋友的责任往我身上推，"我是为儿子好，我的观点没有变，如果能出国读博士，等毕业了回国找一个比儿子小几岁的大学生。这样既不会影响学业，可以安心学习，也没有拖累。如果现在找一个，出国了带不出去，还不是鸡飞蛋打一场空。"

"张智，你说说找对象是否影响学习。"妻子问儿子。

"每个人的情况不同，不能一概而论。上一届的第一名，就是4月被逮捕的那个，找了一个女朋友。他家里不富裕，找了个喜欢招摇的女朋友，今天买这个，明天买那个。为了满足女朋友的要求，最后发展到了偷东西的地步。我住的宿舍楼，半年时间丢了七台笔记本电脑，一直没有查出来是谁偷的，这次又丢了三台，要不是上课时间有人回宿舍取东西碰上，还是查不出来。谁也不相信他会偷东西，他的学习特别好，又是班干部。如果不出这件事的话，明年可以申请到美国排名前20的高校，这下太可惜了。"

"这就是谈对象的结果。"我对妻子说。

…………

6天时间一晃而过，儿子又回校了。

永不言败

大三暑假，儿子在看中央电视台新闻频道播出的14集纪录片《大洋彼岸》，每一集都感人肺腑。儿子认真地观看，看完后，我们感到出国留学挺苦挺累。

"真的这么苦吗？"妻子一脸的疑惑。

"是的，有的比这还要苦。"儿子认真地回答。

"既然这么苦，你去干什么？"

"出国留学是为了学知识，美国技术水平世界最强，特别是在电子方面要领先我们国家很多。"

"你不怕吗？"我问儿子。

"有什么可怕的，只要能战胜自己就行，其实最可怕的是无聊和寂寞，并不是生活和学习。"看来儿子已经做好了战胜困难的准备。

"为什么说最可怕的是无聊和寂寞？"我有点疑惑。

"因为文化背景不同，你身处异国他乡，没多少人跟你交流，况且，文化背景也不一样，所以难免会无聊和寂寞。"

"你可以和中国留学生多交流，这样可能会好一点。"妻子给儿子提建议。

"去了美国就是要融入美国的文化，当你融入了美国的文化，把自己当成其中一分子，这种寂寞和无聊也就消失了。但是要融入美国文化是很难办到的，特别是人际关系方面更难办。美国人独立性很强，没有我们国家这种亲情。"儿子的回答干脆利落。

大三是没有暑假的，要去做大研。儿子虽然人回来了，但心还在学校。每天不停地查成绩。成绩出来了，儿子三年的平均成绩排在系第6名。我很满意，他也很满意。儿子的努力没有白费。

儿子的成绩申请美国排名前30的高校足够了，但托福和GRE还需要努力。只有这两个成绩达标了，才能申请到好学校。

托福考试过去半个月了，儿子没有给我们回音，我们夫妻想问儿子，但又不敢问。2008年9月3日，我实在忍不住了，给儿子发了信息："成绩出来没有，出来了不要忘记告诉我，我和你妈想知道。"

"没有出来，就这两天吧。"儿子回了信息。

9月4日中午，我的手机响了，一看是儿子发来的信息："得重考了，唉。"

我看到这个信息，胃口一下子就没有了。妻子让我再发信息问一下："考了多少分？"

"97分，口语和作文不好。"儿子显得很无奈。

"你妈说你的口语太生硬，不太好改，在作文上再提高一下，再战一次。"

"这个我想办法提高，你们别担心。"

托福成绩我在网上查过了，儿子的这个分够用了，但没有竞争力，最好是100分以上。

第二次托福成绩出来了，102分，儿子基本满意，我们也高兴。

很多人都说："小孩上了大学，家长就轻松了，不用管了，只要给钱就行了。"我们不赞同这种说法。是的，上了大学家长无法近距离地教育孩子了，但你可以在孩子迷惘的时候给予提醒，在他困惑的时候给予帮助，在他沮丧的时候给予鼓励，这些对孩子来说都是很重要的。接下来的事情就是申请美国的大学，然后等着美国大学给孩子来录取通知书了。

在煎熬中等待录取通知书

等待录取通知书的日子我们和儿子一同度过，只有身临其境才能感觉到工科的申请是多么的残酷，只有和儿子一同感受，才能更加珍惜来之不易的录取通知书。

2009年2月11日，当加州大学戴维斯分校给儿子打来面试电话时，儿子有点紧张。面试的教授告诉他由于经济危机，他的实验室只招一个学生，中国就报了三十几个人，其中大多数是研究生，本科生报名的很少，给他面试主要是看上他有一篇论文发表，学习成绩和排名也不错，教授让他耐心等待。

当中科大六系第一名拿到斯坦福大学的录取通知书时，儿子恨自己不够优秀，不够努力。其实孩子真的努力了，就是差一点悟性。

科大BBS上的offer越来越多了，这对孩子来说是一种压力，虽然儿子也拿到了三个录取通知书，但这三个都是自费的，一年生活费要20多万，像我们这样的平民家庭，负担不起如此高昂的生活费和其他费用。

2月14日儿子返校，仍然没有回音，这让我们两口子有点烦躁了。"我们是不是应该让儿子保研？要是保研的话，就不会有这么多麻烦了。"我跟妻子说。

"儿子坚持要出国，我们也没办法。现在只能等了。我相信儿子一定可以拿到心仪学校的录取通知书。"

就这样忍了几天。到了2月18日，我实在忍不住了，给儿子发了信息："看到其他人有了明确去向，你不大好受吧？时间还早，相信你一定能成功。"

不一会儿信息来了："还好，还好，很多人都没有。"儿子说得轻松，但心理压力还是很大的。

21日，我发现儿子在网上，急忙发了信息："有没有消息？"

"没呀，估计下周就有结果了，可能去UMD，教授说下周面试，没大问题就给全额奖学金。"儿子回答。

UMD这个学校我没听儿子说过，心里一动，忙问："是哪个学校？"

"马里兰大学，专业排名美国第16，在美国费城。"

"这个学校你有多大把握？"

"很大的，人家面试估计就是随便聊聊，问问学习计划什么的，专业知识不会问得很多，有了戴维斯分校电话面试的经验，不会有什么大问题的。"儿子回答得比较自信。

"那你要积极准备。"

亲人之间是有心灵感应的，3月9日晚上10点40分左右我们在看电视，直觉告诉我儿子有消息了，看看手机，张智的信息果然来了："明尼苏达大学的录取通知书来了！"

"快看，儿子的消息来了！"我高兴得几乎跳了起来，眼睛里含着激动的泪花。

"真的？"妻子紧张地问。

"你看，这是真的。"

"不用看了，你的神情告诉我是真的，快打开电脑和儿子聊一聊。"

"我开电脑，你给儿子发个信息说上网。"

电脑打开了，我迫不及待地进入了科大BBS网站，看到张智写道："明尼苏达大学的录取通知书终于来了！"帖子下面有十几个跟帖。

"顶。"

"狂顶。"

"张智终于发飙了。"

"请客啊。"

…………

啊，终于等到了，虽然综合排名不算太高，但工科排名美国第12，已经很不错了，而且张智要跟随的是一位著名教授，最近几年从他那儿毕业的博士，去向都很不错。看到这儿，我发了条短信给他："期盼已久的通知书终于到了，祝贺你。"

"还好吧。"

"这是对你四年努力的最好回报，你能熬过来，不容易啊。"

"没什么，我很多同学都是这样过来的。"

"这么多天吃不好睡不好，体重减了几斤？"

"没减多少。"

"还有其他大学的全奖吗？"我有点贪心，希望哈佛、斯坦福、加州大学伯克利分校、麻省理工学院这样的牛校能给张智发录取通知书。

"我知道你咋想的，希望我能申请更好的大学，不过希望不大了。"

"除了明尼苏达大学，就没有其他大学了？"我问。

"圣母大学要发录取通知书给我，评审委员会的一个教授口头通知我了，正式的邮件还没有发给我。"听口气儿子轻松多了。

"是吗，圣母大学怎么样？"

"综合排名19，我要去的专业排名40多吧，专业不是很好，不过在美国也算是名校了。"

"李××、黄××、刘×有消息吗？都是宝鸡中学去的，要关心一下。"

"刘××还没有消息，李××、黄××他们俩最后去的学校都很不错，理科就是比我们工科强，要是我这个成绩在理科的话早都有offer了，而且会很不错的。"

"知足吧，世上没有十全十美的事。"

"我也只是说说而已。"

"你们宝鸡中学到中科大的同学，基本上都有了很好的去向，这是父母的骄傲，你早点睡，别太累了。"

"好……"儿子的回答是轻松和愉快的，多少天压在我们头顶的阴霾，随着第一个录取通知书的到来烟消云散了，喜悦涌上了我们夫妻的心头，接下来，看儿子在大洋彼岸的奋斗了……

后 记

"十年树木，百年树人。"儿子出国十年啦，经历了无数坎坷，奋斗不息，初中和高中培养出来的良好学习习惯和自己管理自己的品格促使他顽强拼搏，战胜了一个又一个困难。现在学有所成，他准备回来为国效力了，我很高兴。尤其在当今的情况下，他毅然回国，体现了华夏子孙的责任担当。

过去十年中，我辅导了不少初中和高中生，辅导的效果不错，得到了不少家长的好评，辅导过的学生成绩提高了不少。我辅导学生的宗旨是：给社会培养一个合格的人，一个对社会有贡献的人，一个积极上进的人，一个懂得感恩的人，一个爱国的人，一个在几千里之外让父母放心的人，我的宗旨也是千万家长所希望的。

写作对我来说是一件困难的事，毕竟工人出身，没上过大学。但"独乐乐不如众乐乐"，虽然自己的孩子不算太优秀，但还是愿意将我的教子心得写出来跟大家分享，希望对正在为教子感到烦恼的家长有所帮助。

几个月的伏案工作，让我身心俱疲，现在终于完稿，算是松了一口气。好与不好，只能等读者诸君评价了。

最后，要感谢我的妻子，没有她，我很难完成这一艰巨的任务。也要感谢儿子张智和所有的朋友，他们的鼓励，给了我在疲惫中写下去的勇气，让自己的教子心得得以跟广大读者见面。

谢谢各位。

张爱武

2020年8月11日于宝鸡听雨轩